小学館文庫

民警

猪瀬直樹

小学館

目次

終章 光明

序章　遂行

「官」の隙間を埋める〝民警〟とは？

渋谷駅前のスクランブル交差点にしばらくたたずんでいるだけで我われは定められたルールにのっとった秩序のなかにいると自覚できる。交通信号が切り替わるといっせいに人が波となって動き出す。電車や車が発する騒音が聞こえない無音の世界なら、整列行進は神に操られているかのようにすら見える。

もしそこに異物が、隕石であっても爆弾であっても、いきなり炸裂したら均衡は一気に崩れるのである。

……再開発の工事が進捗中の渋谷駅とそれを跨ぐ首都高速が接近して見える雑居ビルの一室で、僕はこの「もし」について考えていた。

少し大きな長めのテーブル、ソファでなく椅子が八脚ほどの質素な応接室であった。

白髪混じりの短髪で頰が膨らみ、やや小太りの体軀で年齢は60歳に近い人物が一人。もう一人は痩身で浅黒い顔、薄いグレーに花柄斑点のウエスタンシャツの下に引き締まった筋肉質で敏捷な身体能力が隠されていると察知できる。それはこの人物についての予備知識があったせいでもあるが、40歳過ぎに見えるものの実年齢は50歳の男だった。拳を繰り出し同時に短剣を自在に操るハリウッドのアクションスターのような戦闘シーンは仕事の一部であった。

「実際に地中海のマルタ島で民間武装警備員の訓練をしたのですが……」

小太りの男、民間の警備会社ライジングサンセキュリティーサービスの八木均社長は、秘密を打ち明けるように慎重に口火を切った。

アフリカ・ソマリア沖の海賊に対応するために日本船舶警備特別措置法が参議院本会議で賛成多数で可決したのは2013年11月だった。

日本から航路1万2000キロ離れたインド洋のはるか先にアラビア半島があり、その北側がホルムズ海峡から入るペルシャ湾、南側がアデン湾である。アデン湾は、細長い紅海からスエズ運河を経由してアジアとヨーロッパを結ぶ重要な海上交通路の入口に位置する。

アデン湾の南側に「アフリカの角」と呼ばれる政情不安の国ソマリアがあり、長年の内戦状態で警察も裁判所も刑務所もないに等しく、国内のインフラは破壊され、国連から飢餓宣言されるなかで暫定政府の実効支配地域は限定的で、反政府武装集団が跋扈していた。そこに海賊ビジネスが横行しはじめたのである。２００９年にソマリアの海賊に支払われた身代金総額は１億５０００万ドルと巨額なものだった。港の沖合に停泊している船舶に侵入して乗組員の金品や船舶の備品を奪う強盗行為がそれまでの海賊だったが、ソマリア海賊はシージャックを目的に航行中の船舶を狙う。遠方航行能力のある母船と襲撃用の高速小型ボートを搭載または曳航して、ターゲットとする船舶を探すのだ。獲物である船舶を発見すると小型ボートで接近し、自動小銃やロケットランチャーで襲撃して、梯子やロープで引っかけて船壁を登り、乗組員を人質にして身代金を要求する。

２００９年にソマリア沖でアメリカのコンテナ船が海賊に乗っ取られた事件をテーマにしたトム・ハンクス主演のハリウッド映画『キャプテン・フィリップス』は、最後に米海軍の特殊部隊ネイビーシールズによって救出されるまでが描かれている。この映画は、貨物満載の大型船舶が、武装した海賊のハイスピードの小型船の前でいかに無防備で為す術がないのか、よく示していた。

この事件の年、政府は安全保障会議と閣議を開き、ソマリア沖の海賊対策に海上自衛隊を派遣するため、自衛隊法82条の海上警備行動の発令を承認し、護衛艦「さざなみ」と「さみだれ」の二隻をソマリア沖へ向かわせた。

海上警備行動の発令だけでは日本に関係する船舶のみの防護活動しかできないが、その後、海賊対処法が成立して、すべての国の船舶を海賊行為から守ることができるようになった。海賊対処法ができる前の2008年に日本郵船所属の15万トンタンカーがアデン沖で海賊の襲撃を受けた際、インド洋でテロ対策のための給油任務についていた海上自衛隊の護衛艦は、タンカーから救難信号を受信していたにもかかわらず「法律上、自衛隊の艦船に先制攻撃は許されない」ため救助行動がとれず、ドイツ艦を飛び立ったヘリが急行したため海賊は襲撃を止め、逃走した。自衛隊の護衛艦は威嚇射撃すら許されていなかったのである。

日本は海洋国家である。エネルギー資源、鉱物資源、漁業資源、農産物など多くの資源を海外から輸入し、国内で消費するか加工して輸出しているが、貿易のほとんどを海上輸送に頼っている。日本船籍だけでなく日本の海運会社が運航させている船舶数はじつに全世界の15パーセントを占めている。石油や天然ガスなどを運ぶタンカーにとってホルムズ海峡は生命線だが、アデン湾からスエズ運河を航行するコンテナ貨物も1割は日本関係の船舶なのである。

いまでは自衛隊の護衛艦二隻にはそれぞれ哨戒ヘリ二機が搭載されている。それだけでなくアデン湾から紅海へ海峡が絞り込まれた場所ジブチ（ジブチ港のある四国ほどの面積の小さな共和国）に、米軍、仏軍、イタリア軍が基地を置いている。ここに自衛隊のP3C哨戒機の拠点を置いて民間船舶や海賊対処に従事する他国艦船への情報提供の任務に就いているのだ。

各国艦船がアデン湾に展開した結果、海賊は減少したかに見えたが、南のセーシェル沖、オマーン沖からペルシャ湾に近づき、さらにインド西岸沖まで活動海域を分散し拡げていった。海賊が活動海域を拡げた結果、アデン湾をパトロールしている艦船が救難信号を受けてから駆けつけても一日がかりになってしまい、それまでに海賊に人質にされてしまう可能性が出てきたのである。

「海賊多発地域」を海運会社の船舶が運航する場合、自衛のため民間の武装警備員が乗船する。外国船籍の船舶は、海運会社が警備会社と契約して、海賊船が近寄ってきたら警告射撃をする。それでも接近する場合には正当防衛や緊急避難行為として対人発砲も認められる。

海賊側がパトロールの密度が濃いエリアを避けて活動範囲を拡大するなかで、欧米などの船舶では武装警備員の導入が進んだ。だが日本船籍の船舶では日本国内の銃刀法が適用されるので民間の武装警備員が乗船することは許されなかった。これでは日本船籍の船舶だけが標的になってしまう。

こうして「海賊多発」地域を通過するタンカーについては例外規定として小銃の使用を認めるという特別措置法が必要となった。

僕は八木社長に素朴な疑問を投げかけた。

「日本人の警備員ではなく、外国の警備員を雇えばよいのではないのか」

「たしかに、外国の場合には、警備会社というよりは民間軍事会社がそういう仕事を引き受けている。いや正確にいえば、民間警備会社と民間軍事会社との間には線引きがあるわけではない」

八木社長の後ろの壁にはブラックウォーター社を訪問している写真が飾ってある。ブラックウォーター社はアメリカの民間軍事会社で、海軍特殊部隊シールズを退役した人物が創設した。イラクで軍や警察の訓練をする六〇余りある民間軍事会社のひとつである。

八木社長は隣に坐っている人物、伊藤祐靖氏を紹介した。伊藤氏は元海上自衛隊二佐で、自衛隊初の特殊部隊「特別警備隊（特警隊）」の創設に関わった人物である。伊藤氏は1999年に北朝鮮の「不審船」追撃に従事した経験から、米海軍シールズなどと交流を進め、特警隊の先任小隊長を務めた。その後、「自分がやらなければならないことがある」と自衛隊を退職している。

伊藤氏は、八木社長の提案で、マルタ島（マルタ共和国、シチリア島の南に位置する英連邦のひとつ）でイギリスの海上専門の武装警備会社ＣＰＩとの共同訓練に参加した。

「民間の射撃場があり、そこで20発ぐらい撃ったかな。マガジン（弾倉）を入れて、それから装塡、薬室に弾を入れて、安全装置を解除してトリガーを引き、撃ちます。伏せ撃ちと膝撃ち。この二種類の射撃姿勢を動画に撮るのです」

ＣＰＩが動画を撮ったのは伊藤ともう一人、陸上自衛隊出身の30代の男だった。動画は書類審査のために海上保安庁に送られる。役所の手続きのために射撃のシーンが必要なのだ（＊日本船舶警備特別措置法にもとづく国土交通省令92号1項、小銃の操作に関する事①小銃の保持その他小銃の基本的取扱い②小銃の点検③実包の装塡及び抜出しその他実包の取扱い④射撃の姿勢及び動作、とある）。

自衛隊や警察以外でも、審査の手続きさえすれば民間人であっても小銃を扱えるという画期的な法律ができたのである。

海上自衛隊には特別警備隊があり、陸上自衛隊には特殊作戦群がある。厳しい特殊訓練を受けた戦士を養成してきた。海外ではそうした元戦士が民間軍事会社に所属したりする例は珍しくないが日本では需要がなかった。

海運会社の船舶に乗り込む海賊対策チームは四人で構成されている。

「四人中に一人でも日本人がいてくれると日本の船会社は安心するということでした。しかもその一人の日本人がチームリーダーであれば非常に安心する。だからＣＰＩも、うちと契約すれば、差別化できビジネスチャンスになると考えたようです」

八木社長は付け加えた。

「ソマリアの海賊船は減っていますが、治安の悪い場所で仕事をしている日本企業は少なくない。伊藤さんのような特殊なスキルをもった人なら、防護計画や避難訓練などの指導をお手伝いできると思います。テロの脅威は中東のＩＳ（イスラム国）だけではなく、東南アジアのイスラム圏にも潜在しています」

ＩＳに殺害された湯川遥菜氏は、もともとはミリタリーショップを営んでいたが「日本の船を守る会社をつくりたい。外国に護衛してもらっているのはおかしい」と周囲に話していて、民間軍事会社をつくったと称していたが軍事的な経験のない素人であった。

その点では動機は似ているのだがプロの伊藤氏とは背景がまったく異なっている。ライジングサンの八木社長は、民間警備業の延長上にテロ対策を新しい市場と考えており、伊藤氏は自衛隊や海上保安庁や警察などの「官」ではやりにくい狭間を埋めようとする使命感を抱いていた。日本人の安全・安心は新しい局面に入りはじめているのだ。

2020東京五輪、テロへの不安80パーセント

日本には民間軍事会社という概念はないが、海外では民間警備会社が武装警備をやっている、と書いた。さらにソマリア沖の海賊対策として国土交通省（海上保安庁）は法律を改正して、日本人の武装警備員の乗船を認めることにした。すでに記したように、実際に、元海上自衛隊の特殊部隊「特別警備隊」出身の伊藤祐靖氏はマルタ島で射撃訓練を実施した動画を海上保安庁に送っている。国内の銃刀法の例外措置（日本船舶警備特別措置法）には審査が必要だからである。

テーブルを挟んで伊藤氏と向き合って感じたのは、無駄を削ぎ落とした禅宗の僧のように静かな佇まいであった。指先まで無意識に制御されている。劇画のヒーロー『ゴルゴ13』のように対峙しているだけで微塵の隙も感じさせない。

「特警隊の訓練内容は語ることは許されていません。ただし、射撃、パラシュート、潜水、爆破、ジャングル走破、寒冷地訓練は当然です。訓練をするうちに人数は減っていきます。2年の訓練で10人の志願者のうち2人ぐらいしか残りません」

もし、IS（イスラム国）に捕らわれた湯川遥菜氏と後藤健二氏を日本人が救出する作戦を担うとしたら特警隊（海自）か特戦群（陸自）しかない。特警隊は100人余、特戦群は200人余である。伊藤氏に言わせると「自衛隊のなかで選び尽

くした数にあたる」のだ。

外国ではそうした専門的な訓練を受けた者が警備会社へ入る。民間軍事会社と警備会社の境界は明確ではない。

ソマリアの海賊対策のために海上自衛隊の護衛艦が二隻出動しているが、米艦隊に特殊部隊シールズが配備されているように、海賊との戦闘で人質を救出するためにすでに海自の特警隊員が乗船している。

ISを名乗るテロ集団により二人の日本人が殺害された事件は「平和国家」日本の国民に衝撃を与えた。かつてアフリカや中東を植民地支配してきた、あるいはさらに中世には十字軍を派遣して聖地エルサレムを奪い返そうとしてきた、そういう血なまぐさい歴史を刻んできた欧州諸国と、キリスト教国でもない日本国はそもそも異なる歴史を歩んでいる。戦争やテロルも、相剋する宗教や歴史の因縁のなかで生まれるものなのである。だがそういう事情はテロ集団ISにとって考慮の外という新しい事態をこの間にさんざん見せつけられた。

ISは新しいテロ集団である。2001年の9・11同時多発テロ事件を起こしたオサマ・ビンラディンのアルカイダは中東に接するアフガニスタンに拠点を置いていた。だがフランスの風刺紙『シャルリ・エブド』襲撃事件は、その国の国民が、移民第二世代として就職などで差別される恵まれない境遇のなか、過激な思想に共鳴して自国でテロを起こす「ホームグロウン・テロ」という新しい脅威である。2年前のアメリカ・ボストンマラソンの爆破テロも、同じであった。

2020東京オリンピック・パラリンピック大会について、最近、警視庁がインターネットで都内在住者、在勤者、在学者を対象に調査したところ「テロの発生」に不安を感じているとした回答がおよそ80パーセントに上っている(2015年1月)。

東京五輪招致にあたってIOC(国際オリンピック委員会)に提出した立候補ファイルで、大会開催中にセキュリティ活動に投入される要員の見積もりは、全体で5万850人である。内訳は警察官2万1000人、緊急サービス(消防隊・救急隊)6000人、海上保安官850人、民間警備員1万4000人、セキュリティボランティア9000人としている。

警察だけでなく警備会社にも重要な責務が担わされているのである。

ロンドン五輪では、警察官1万7000人、民間警備会社(G4S=世界最大の警備会社で民間軍事会社部門も持っている)1万6000人、軍隊7500人が投入された。

ロンドン五輪は、たいした事件や事故もなく無事に終えている。東京五輪の立候補ファイルはもちろんこうしたロンドン五輪のセキュリティ計画を念頭においてつくられた。

東京五輪の立候補ファイルには、民間警備会社の役割が以下のように記されている。

「日本の民間警備業者は、要員の能力・訓練に関して法令に基づく厳格な要件を満たし、都道府県の公安委員会により認定を受け監督されている。民間警備業者は、大会組織委員会（ＴＯＣＯＧ）セキュリティ対策本部と契約し、その訓練・管理のもと、オリンピック競技会場をはじめとする大会関係施設の警備業務を担う。

民間警備業者は、日本における大規模国際イベントでの警備に関して豊富な経験とノウハウを有するが、オリンピック競技大会の規模と特別な要件は、前例のない挑戦を必要とする。それゆえに、２０２０年東京大会への民間機関の貢献については初期の段階から計画し、オリンピック競技大会運営に適応するための取組に万全を期する」

東京五輪招致のプレゼンで、日本では、財布を落としてもおカネが返ってくる、そういう類いまれなホスピタリティのある国民性とともに、きわめて治安のよい国である、と安心・安全を強調した。「東京が7万5０００人の旅行者に対して行われた調査で、世界一安全な都市に選ばれたこと、昼夜を問わず誰もが安心して街を歩くことができること」をアピールした。これは事実である。だが、ＩＳなど新しいテロリズムの登場を想定していたわけではない。

治安対策に責任をもち、東京五輪の警備活動を指揮統制するのは警察だが、荷物検査や出入口、競技場などの個々の持ち場は警備会社が担当する。

オリンピック会場周辺については想定の範囲内だが、現実には首都圏が特別警戒態勢に入る可能性があり、主要道路には機動隊の車両が多数置かれ、いたるところに警察官や警備会社の警備員の姿がものものしく目立つことになる。その結果、五輪と直接に関係のない市民生活は一時的に不自由を強いられ、「制服」に対する不快感が増すかもしれない。

日本を防衛する軍隊として23万人の自衛隊が存在する。国内の治安は24万人の警察官があたる。彼らのために国民は税金を支払っている。

いっぽう民間の警備員数は警察官の2倍、50万人余である。いまや日本国の治安は、こうした民間に拡大した市場の力を無視することができない。

民間・民営の警備員、ここでは略して〝民警〟とするが、その市場は富士山にたとえると頂上の二つの峰の部分は最大手のセコムと綜合警備保障（ALSOK）が鎮座して、その下の冠雪部分には100社ほどの中堅会社が重なり合って存在している。トップのセコムの売上高は8000億円、綜合警備保障は3000億円、この両社が際立ち、業界100位ぐらいでも売上高は20億円ほどにすぎない。警備業界9000社とはいえ大多数が中小零細業者で、セコムと綜警を頂点とする富士山の裾野には膨大な数の業者が拡がっている。

ひとくちに50万人、3兆円産業とは呼ばれていても、ライジングサンのような訓練を受けた元自衛隊員を抱えているところもあれば、従業員10人程度で道路工事の交通誘導員を派遣したりするだけ、たいした訓練も受けていない高齢者も含まれているような業者もあるのである。

太陽光発電所の上空に監視カメラ付きのドローン(無人ヘリコプター)を巡回させるなどハイテクを駆使する頂点のトップ企業と、裾野を形成する労働集約型の中小零細企業の落差は大きいが、〝民警〟は現代社会の安心・安全に不可欠な存在としてすでに根を下ろしている。

だが〝民警〟の歴史は浅い。1964年東京五輪、代々木選手村の警備は100人にも満たない規模で始まったのだから。

1964年の古戦場

原宿の東郷神社に近い明治通りにセコムの高層ビルがそびえている。その最上階、見晴らしのよい大きな窓から代々木公園が見える。82歳の飯田亮(まこと)・最高顧問はセコムの創業者である。グレンチェックの上着を無造作に椅子に置いて、白地に薄い灰色の縦のストライプのワイシャツ姿で、壁一面がガラスで横長のパノラマになっている窓辺にたたずみ、久しぶりの友人に会ったような屈託のない口調で言った。

「あそこは……、僕にとって古戦場でしてね」

代々木公園は戦前、陸軍の練兵場だった。その意味で古戦場ではある。森もなく芝もない赤土の練兵場は強風が吹くと砂塵を巻き上げた。戦前は正月に大観兵式が行われ、戦車や航空機が威容を誇り、歩兵や騎兵が行進、白馬に跨がった昭和天皇が閲兵した場所である。戦後、「ワシントンハイツ」と呼ばれた米軍の家族住宅エリアとなった。緑の芝生のなかに白ペンキの家が立ち並んだ。空襲の焼け野原にバラックが密集した住居からは、金網越しに見える米軍住宅エリアは眩い天国だった。

1964年の東京五輪開催の前年、1963年の暮れも押し詰まったころ、オリンピック組織委員会から一本の電話が入った。

「来年開催される東京五輪だが、米軍から返還されるワシントンハイツが代々木選手村になるので、ついてはそこの警備をお願いしたい」

飯田亮と共同創業者の戸田壽一が日本警備保障（のち、セコムに改称）を設立したのは1962年、代表二人と募集で入社した警備員二人でスタートしている。顧客はゼロ、飯田亮は徒手空拳の少し道をはずれたヤンキー青年ぐらいにしか思われていない。警備業の存在は世間でほとんど認知されていない。ふつうの企業では専任の守衛や用務員がいて、社員には宿直の当番が割り振られたりしていた。

警視庁作成の『オリンピック東京大会の警察記録』によると、東京五輪の警備は警察が仕切った。ただし、選手村の警備については東京五輪組織委員会が自主的に行うことになっていた。「村内は自衛隊の支援を得て組織委員会が自主的に行い、村外周辺は警視庁に依頼して行う」とされた。これについて警察側から、それでは責任を負いかねる、と懸念が表明されている。

「村内の警備は、自衛隊の支援により自主警備をとるときいているが、万一、村内において不測の事案が発生した場合は（略）、組織委員会が管理権に基づいて行う措置と警察の任務活動の範囲について、あらかじめ、具体的に協定『覚書』を結ぶ必要がある」

結局、事件が発生すれば警察権は行使されるが、道路交通法は適用されない、警察官が選手村に入る際には警察手帳を提示する、など外国人選手を逮捕するような事案が起きないよう細心の注意が求められた。そこに民間の警備員のニーズが生じたのだ。だが東京五輪の正式な警備記録には、きわめて小さな日本初の警備業である日本警備保障が代々木選手村を警備した事実は記載されていない。

〝民警〟は社会的に認知されていなかった。

第一章　勃興

「社会システム産業」その発端

1964年東京五輪で代々木選手村の警備を担当した小さな会社は、いまは最先端の「社会システム産業」を名乗っている。50年前は、侵入盗があればアラームが鳴り、監視カメラが作動するなど想像もつかない時代であった。

旧日本警備保障、現在のセコムはセキュリティ事業だけでなく、防災事業、メディカル事業、保険事業、国際事業、地理情報サービス事業、情報通信事業、不動産事業と多角化して、自らの位置づけを「社会システム産業」としている。関連会社200社を含むセコムグループの連結売上高は8400億円、グループ総社員数5万3000人の巨大企業に成長した。「セコムしてますか」という長嶋茂雄巨人軍終身名誉監督のCMで、どんな会社なのかはともかく、知らない者はいない。

1964年の東京五輪の選手村警備から半世紀の間に日本人のライフスタイルも

大きく変化している。いま、どのような安全・安心を売っているのだろうか。

世田谷区の住宅街の一角に、入口がどこにあるのかよくわからない、高さ10メートルほどの白いのっぺらぼうの平べったいビルがある。あらかじめ目立たないその建物がコントロールセンターと知らされていなければ通り過ぎてしまうところだった。

都心は太古の時代に海水に浸食されていたが、山手エリアはもとから陸地であり地盤が固い。コントロールセンターが郊外の住宅地にひっそりと立っているのは大地震に見舞われても機能停止に陥らないためである。建物も大正の関東大震災の2倍までは耐えられる頑丈な設計で非常用発電も備わっている。

オフィスや工場や店舗、神社仏閣や博物館に美術館、一般の民家など監視センサーが侵入者などの異常を感知すれば、室内に並んでいるモニター画面に、場所や時間が表示され、最寄りエリアの詰所の警備員に指示する。警備員はすぐに現場に向かい、侵入盗が見つかれば警察に通報する。

セコムをオンにしてからうっかり窓を開けて通報ブザーが鳴ってしまい、急いでオフにせずもたもたしていて警備員が駆けつけて来るという経験は、不慣れな利用者にはよくあることだ。

交代勤務による昼夜24時間態勢のコントロールセンター業務はだいたい予想がつ

いていたが、ファストフードやコンビニの店舗に対する双方向画面監視システムによって、その場で、ただいま現在発生中の犯罪を防止する場面は興味深かった。たまたま僕が神奈川県川崎市のコンビニの店内が映っている画面を覗き込むと、そこに坐っていたオペレータがヘッドセットのマイクで、「こちらは警備会社のセコムです。ただいま防犯カメラによる店内巡回中です」と明瞭な声でアナウンスした。その声は、遠隔地のコンビニの店内の拡声器から流されるのである。

「店内に何か起きているのですか？」

実況中継的な場面に出くわしたので訊ねるとオペレータは淡々と説明しはじめた。

「万引き犯が逆上して暴れているのです。それで万引き犯に対して、防犯カメラが作動中ですよ、と音声を流したわけです。ほら、画面に白いマスクした男が見えますね。警官が駆けつけるまでの間、牽制するためです」

レジの下に通報ボタンがあり、万引きを見つけたコンビニの店員がその通報ボタンを押したのでオペレータの画面がそのコンビニの店舗に切り替えられたのだ。コンビニの店員が万引き犯を捕まえて「トラブルになっています。警察を呼んでください」と叫ぶ。その声は天井の集音マイクに捉えられ、オペレータに届く。言い争いの声も混じって聞こえている。そこでオペレータは神奈川のコントロールセンターに連絡、そこから110番通報を受けた警官が駆けつける。時計を見ると、警官が駆けつけるまでわずか8分だった。

　引き続き画面を見ていると警察官が数人、店内に入ってきた。警察官を挟んで店員と万引き犯の男が話し合っている。警察官がそれなりの措置をするだろう。店員の身の危険が去ったので一件落着、画面は別の店内に切り替えられた。

「店内に流すアナウンスは、映像で様子を見ながら、逆効果にならないよう臨機応変に対応しています。あまりに緊迫した状況では警察官が到着するまでアナウンスを控えるときもあります。一部始終が監視カメラで記録されていますからね」

　駅近くのコンビニでは夜の10時から12時過ぎの終電までの時間帯には酔っ払って絡む客や、オートバイを乗りつけフルフェイスのヘルメットをかぶって暴れそうな集団などが来店しやすい。オペレータは通報ボタンが押されると経験値でパターンを判断し、音声を流して犯罪を未然に防いでいる。

　ここまで進んでいるのかという事例は、綜合警備保障のATM（現金自動支払機）管理でも見られた。コンビニATMは24時間365日稼働している。ATMに入っている現金はコンビニの商品のひとつであり、別の商品では代替できない。各店舗に原則一台しかないATMに品切れは許されない。主要な銀行のキャッシュカードやクレジットカードを差し込めば、自分が口座をもつ金融機関のATMとして利用できる。最大手のセブン‐イレブンのセブン銀行ではATMが2万台も設置されている。

無人のATMは誰が管理しているのか、である。残金がどれだけあるか、紙幣切れになる前に予測して補充しなければいけない。カラになったATMにコンビニの店員が現金を詰め替えているところを見たことはない。セブン銀行の行員がジュラルミンの鞄を運んで来て補充するわけでもない。

実際にセブン銀行のATMの現金補充・回収業務を一手に引き受けているのはコンビニ店員でもなく、セブン銀行の行員でもなく、綜合警備保障なのだ。ATMは100パーセントに近い稼働率が求められている。宅配便のようにただ配達するのではない。現金輸送の警備をするだけでもない。管理もするのだ。

ATMに、仮に2000万円の現金が入っているとして、引き落としもあれば入金もあるから、いつカラになってしまうか、逆に溢(あふ)れてしまうか、増減を予測して補充しないといけない。カラになってしまうと利用停止になるし、詰め込み過ぎれば大量の現金をつねに在庫として抱えるので経営を圧迫する。

現金は量だけではない。そのうち一万円札と千円札がどのくらいの比率であればよいのか、店舗によって望ましい状態はすべて違う。ATMに一万円札と千円札の残金がどれだけあるのか、繁華街やオフィス街や住宅街などによっても利用実態は違う。実績データにもとづいた高度な統計処理によって一台一台の〝癖〟を予測して調整し、現金輸送の経路や回数が導き出される仕組みである。

綜合警備保障が輸送する現金は、現金であってもそれは紙を束ねた荷物のひとつであることには変わりない。したがって〝荷物置き場〟である資金センターは湾岸の大型の倉庫街にある。ふつうの物流センターと異なるのは、大型の輸送車やワンボックスタイプの輸送車が横付けされるプラットホームが外から見えないところだろう。コンクリートの塊で窓のない〝金庫の城〟の周囲は監視カメラに囲まれており、現金輸送車が搬入口へ入るとシャッターが閉じられる。シャッターが完全に閉じると、もうひとつの内側の搬入口のシャッターが開く。シャッターは気密式の二重扉なのだ。

内部空間は天井の高い大きなホールであり、トラックとワゴン数十台が並ぶ。警備員はそこで、ローラーの上に流れてくる、一万円札と千円札がそれぞれにパッケージされた細長い現金カセットを、伝票のチェックをしながら各自の輸送車に積み込む作業を繰り返している。

一万円札と千円札を格納したカセットは、ATMの細長い筐体(きょうたい)に隙間なく収納されるよう設計されている。すでに述べたように一万円と千円の比率、必要枚数はコンビニ店舗のATMの〝癖〟によって差がつけられている。

〝金庫の城〟は首都圏で数カ所、全国で50カ所あり、ここを出発した現金輸送車は二人一組の警備員によって各巡回ルートにしたがって一日当たり2000店舗を回り、300億円が移動している。さらにATMだけでなく入金機などを含めた綜合警備保障のネットワークによる年間現金取扱高は238兆円に達する。現金は必ずしも銀行の金庫に眠っているのではなく、つねに移動しているのだ。綜合警備保障の売上高3000億円のうち現金輸送は500億円で2割近くを占めている。現金輸送の比重は大きい。

迎賓館から赤坂見附に下る坂道の途中に綜合警備保障の白いビルがある。ここもセコムと同様に見晴らしがよく、緑に包まれたホテルニューオータニの最上階のレストランが見える。戦艦大和の主砲塔の回転技術が応用されたあの回転式のレストランである。

「現金輸送業務の受注は、業界トップのセコムよりずっと大きいですね。銀行の信頼が厚いのは、経営者が警察出身だからでしょうねえ」

綜合警備保障の村井温(あつし)会長は温和な表情に微笑みを浮かべ、頷いた。

「私は30年間、警察におりました。創業者である父親も、息子の私もたしかに警察官僚です」

1966年に東大法学部から警察庁に入り、富山県警本部長、福岡県警本部長を歴任して中部管区警察局長で退官、預金保険機構理事に天下り、1997年に綜合警備保障に入り、2001年に代表取締役社長（現在は会長）に就任している。銀行は信用がすべての堅い職場であり、警察もまた謹厳実直の世界である。挑発的な問いかけをしたわけではないが、図式としてはできすぎているかなと思うのである。

ちなみに青山幸恭(ゆきやす)社長は財務省関税局長、また穂苅裕久取締役・常務執行役員は日本銀行業務局長、他に大谷啓常務執行役員はみずほ銀行、吉岡俊郎執行役員は東京三菱UFJ銀行の出身である。

沖縄では普天間基地の辺野古移転問題が大きな課題である。キャンプシュワブ周辺にしばしばデモ隊が押し寄せる。インターネットの画像には金網越しにALSOKマークの綜合警備保障の制服を着た警備員が映っている。その辺を訊ねると、村井会長の答えは明解だった。

「父が我が社を創業したときに、日本の安全のため、日本の治安維持のため、そういうコンセプトでしたから。儲けるというより使命感があって綜合警備保障をつくったのです」

「もちろん、今回はその辺りの表に出ていない裏の歴史を確かめようと思って遠慮無くお訊ねさせていただきますよ」

綜合警備保障の創業者・村井順は、初代内閣官房調査室長であった。なぜ、政府に内調がつくられ、その後、なぜ、民間の綜合警備保障がつくられたのか。〝民警〟誕生の根は国家の深いところにありそうである。その謎を解いていきたい。

吉田茂が背を押した綜合警備保障創業

綜合警備保障トップの村井温会長は、警備業には使命感が必要だと述べた。その使命感とはどういう意味合いなのか、どう民間の警備業とつながっているのか、歴史を遡ってみなければいけない。

綜合警備保障の創業者村井順は1909年（明治42年）生まれ、ギョロリとした眼と角張った顎、肩幅も腰回りも太い。どうやら温厚で洒脱なキャリア官僚出身の現・代表取締役会長の村井温は母親似のようである。1988年に78歳で没した父親の村井順は、柔道三段、弓道三段、剣道は錬士の武道家でもあり「短身肥大と多血質」と評された。風貌には押しの一手が似合っていたようだ。

村井順は、1964年東京五輪組織委員会の事務次長を務めていた。東京五輪開催の2年前に、組織委員会会長と事務総長が衝突して喧嘩両成敗で辞任した。新会長と新事務総長が就任したものの実務をこなしていた事務次長の役割の比重は増えざるを得ない。実質的な事務総長といえた。政治家や業界団体があれこれ注文をつけてくるなかには、入場券の分配まであり、ある程度は強引に押し切って解決していかなければならない。選手村の警備は、警察の権限ではない、という問題が持ち上がった際にも、日本にも民間の警備会社があるらしい、と耳にして即断即決でセコムの前身、日本警備保障を選手村の警備にあてた。

東京五輪の残務整理を終えたその年の12月、大磯にいる86歳の吉田茂元首相から「東京五輪大会の成功という大役を果たしてくれてありがとう。昼食でも食べに来い」と声がかかった。

ひと仕事を終えたところで、これからどんな仕事を選ぼうか、いろいろ思案していた。ふつふつと湧いてきた思いがあった。志半ばでついえた〝使命感〟の行き場を探すことだ。その行き場の心当たりがないではなかった。それについて相談することができるのは、いま労をねぎらってくれようとしている大磯の大御所か……。

村井はすでに55歳、でっぷりと太っている。それに較べ、和服に身をつつみ鏡台の前で最後の身支度を整えている妻朗子は、村井よりひと回り歳下だが美しい瓜実顔はほとんど老けることを知らないかのようであった。妻朗子を同伴する、と決めたのは一身上の相談であることを示す、けじめの意識があったからだ。

村井は、国道1号を南下して西へ向かった。かつて国道1号は横浜市保土ヶ谷から戸塚を抜けるところに東海道本線が走り、慢性的な踏み切り渋滞が発生していたものである。吉田茂はこれに苛立ち、バイパスをつくるよう突貫工事を命じた。〝ワンマン宰相〟にちなんでこのバイパスの名称は「戸塚道路」であったが〝ワンマン道路〟と呼ばれた。

村井は、ワンマン道路をつつがなく走る車中で、茶目っ気と傲慢さが入り混じった大御所に仕えた時代を、懐かしい思いで振り返っていた。

吉田茂元首相について少し説明を加えておきたい。吉田は昭和21年5月から昭和29年12月まで、一時期（昭和22年5月から23年10月まで）を除いて、7年2ヵ月もの長期政権を維持した。独善ぶりと頑固さからワンマンと非難されながらも、昭和20年代のほとんどに政治リーダーとして君臨したのである。まさに「戦後を作った政治家」（高坂正堯著『宰相吉田茂』）と呼ばれるにふさわしい。

吉田はもともと世間にその名を知られるような政党政治家ではなく戦前に駐英大使を務めた外務官僚で、日独伊三国同盟に反対していた人物である。そうかといってリベラルな思想の持ち主ではなく、短軀で葉巻をくわえ、やや尊大な態度で人に接する保守的な伝統主義者であった。

終戦間際の昭和20年4月、和平工作に加わっていた容疑で憲兵隊が大磯の吉田邸の門を叩いた。空襲に焼けただれた戦時下の東京からやってきた憲兵の一隊は、庭園に桜が咲き誇り海辺からの潮の香りが心地よい広大な敷地に、すっかり気圧された。吉田は、憲兵という招かれざる客を20分も待たせた。その間に家人に命じて疑われるであろう書類を隠し果せたのである。

　憲兵隊に逮捕された吉田は、45日間拘留された。その事実は戦後、がらりと世界観が変わった際には、軍国主義に抗した勲章として有利にはたらいたが、昭和20年の段階ですでに67歳であって、彼が首相に就任することなど誰もが予想していなかった。

　戦後、東久邇宮稔彦内閣、幣原喜重郎内閣と短命政権で吉田は外相を務めた。幣原の進歩党が総選挙に敗れ、第一党となった自由党の鳩山一郎総裁が首相に就任するはずだった。鳩山は戦前からの政党政治家で実質的に自由党のオーナーでもあった。

　次期首相は鳩山、と衆目一致していた。ところがハプニングが起きた。就任前夜、鳩山はＧＨＱの指令による公職追放のリストに加えられたのである。

　衆議院議員でもない吉田が急遽、自由党総裁となり首相に就任した。想定外の成り行きであった（新憲法は翌年施行であり、この時点ではまだ明治憲法下なので衆議院議員でなくても首相になることができた）。

　横柄ながら政治家としての個人的な野心からは醒めている元外交官吉田茂の日米同盟を日本外交の基本として、軍事費の負担を最小限にし、経済復興を優先する

〝軽武装論〟が、経済大国への道を切り開いたと評価されている。

吉田茂が退陣してから鳩山一郎、石橋湛山、岸信介と続いた5年間、吉田はしばらく忘れられた人物だった。だが1960年代になると吉田内閣時代に閣僚や党の要職で活躍した大蔵官僚出身の池田勇人、鉄道官僚出身の佐藤栄作が相次いで首相を務めた。彼らは〝吉田学校〟の優等生であり、しばしば大磯の大御所にその意向を伺ったのである。

村井は第一次吉田内閣が成立した昭和21年5月、青森にいた。内務官僚の村井は青森県警察部長だった。突然、「貴官、内閣総理大臣秘書官を命ず」と電報辞令を受けた。

「君が村井君か。たいへん元気がよいそうだね」

新橋の一流料亭で迎えてくれた。吉田は傲慢に見えて誤解されるが率直で愛嬌があり、ずけずけと進言する37歳の若い役人とは相性のよさを感じていた。

吉田首相は衆議院議員の議席がないまま首相になった、と書いた。翌年新憲法下の総選挙に出馬せざるを得ない。すると村井が急に呼ばれ、「君には私の選挙の総責任者になってもらうことにした。やってくれないか」と言われ、躊躇した。選挙区は村井が一度も行ったことのない高知県で知り合いもいない。役人なので選挙の経験もない。だが即座に返事をしなければいけない。「わかりました」と引き受けた。吉田は3カ所で演説しただけでさっさと東京に帰ってしまう。選挙嫌いの吉田だが、主のいない選挙区で奮闘した村井に対する信頼を厚くした。

村井はその後も吉田茂の周辺で幾つもの修羅場をくぐり抜けることになるが、1964年の東京五輪後の話に戻ろう。

国道1号の右手に箱根の山々と富士山が見え、左手に相模湾が迫ってきた辺りを左に折れると2万坪（約7万平方メートル）の敷地に和風建築の吉田邸がある。兜門と呼ばれる屋根が檜皮葺(ひわだぶ)きの門があり、そこをくぐると日本庭園が拡がり、二階建ての瀟洒な屋敷があった。

オリンピックの裏話など話題がはずんだ後、突然、着物姿の大御所の縁無しのメガネの奥の眼が光った。

「これから君は何をするつもりか」

「何をしようか迷っているところなのです。安川（第五郎・東京五輪組織委員会）会長にはどこかの公団の幹部になったらどうかと言われるのですが、私は警備会社をつくってみたいと考えているのです」

「現在、日本に警備会社のようなものがあるのか」

「2、3年前からスウェーデンの警備会社が日本に進出してきており、だいぶ業績をあげているようです。聞くところによると、イギリスのセキュリコやアメリカのブリンクスなど超一流会社が日本進出を企てているようです」

「そんなことになったら日本中、外国資本で警備の網を張られてしまうことになる。君は公団などやめて、日本独自の警備会社をつくるべきだ。考慮の余地はないと思う」

村井は「スウェーデンの警備会社が日本に進出してきており」と言った。東京五輪で代々木選手村の警備を担当した日本警備保障を指して、あえてそう言った。村井の警察人生は、陰謀や謀略のなかで鍛えられ、あるいは相手の猛攻に一敗地に塗れもしてきたのである。

吉田が、警戒感をあらわにして「外国資本で警備の網を張られてしまう」と答える、それは想定していた反応だった。むしろ、そういう言葉を誘導して言わせたという面があったことは否めない。

昼食の後、吉田が自ら温室を案内してくれた。観葉植物や洋蘭などの鉢が所狭しと置かれて、むんむんと強い香りが室内に満ちている。上気した村井は少し昂奮して、やや気弱に正直な心根を漏らした。

「私は公務員の経験しかないので、新たに会社をつくるということが不安でありまして。どうしても〝武士の商法〟になってしまいそうです」

吉田は、何だ、そんなことか、という表情になり嗄れた声で言った。

「むしろ〝武士の商法〟で結構だ。警備会社のような仕事は信頼が根本だから、誠実一本で貫くことだ。つまらぬPRや、かけ引きはやらないほうがよい」

村井は国道1号から再びワンマン道路を経由して都心へ戻る車中で、武士の商法とは言ってみたが、まてよ、と考えた。そもそも「気位が高く、金銭の勘定ができず、社会に適応していく能力が足りない人」というのが武士商法と蔑まれたゆえんではないのか。明治維新で急に扶持から離れ、うろうろした士族階級から出たマイナスのイメージにすぎないのではないか。

戦国時代の武士は、そんななまやさしい生き方ではなかった。弱肉強食のなかで勝ち抜いていくには生活力が旺盛であらねばならず、何万何千の家臣を討ち死にさせるわけにはいかないという面では経営者そのものではないか。むしろ命懸けなのであって、破産宣告や辞表で解決できるいまどきの経営者よりいっそう厳しい。「武士の商法」ではなく「戦国時代の武将の精神」で警備会社をつくってみよう。帰宅するまでに決心は固まった。

……赤坂の綜合警備保障の白いビルの応接室で創業者村井順からバトンを引き継いでいる息子で警察官僚出身の村井温会長から、創業の経緯を説明された。だがまだ肝心な部分はこれからだ。

湧き出した日本版CIA構想

「お父上は、日本が連合国軍の占領から独立するためにサンフランシスコ講和条約を締結してから、内閣官房調査室を立ち上げ、内調の初代室長にも就任しますね。いま盛んに日本には対外情報機関が必要だという議論が出ています。ISにより日本人が人質にされた際に、政府には何の情報もないではないかとね」

「ええ。当時もそういう議論がありまして、父は政府に情報機関が必要であると、吉田茂首相に提言したようです。そのころは日本版CIA構想について水面下で練られていた時期なのです」

松本清張が、連合国軍の占領期に起きた謀略めいた幾つかの事件について『日本の黒い霧』シリーズを書いた。その後、サンフランシスコ講和条約が発効して日本が独立を果たすまでの出来事を『深層海流』という小説にまとめた。『深層海流』は小説だから実名ではないが、内調室長の村井順とおぼしき人物が、急遽、更迭されたとある。それも任命した吉田首相自身によって。

なぜか。それが民間警備業の創業とどう結びつくのか。

サンフランシスコ講和条約発効（昭和27年4月28日）の1カ月ほど前、村井は吉田首相にこう述べたという。

「世界の情勢はまことに厳しく、現在も隣の朝鮮半島で戦争がつづいています。独立した日本はその針路を誤ると踏みつぶされてしまいます。弱い兎が長く大きな耳を持ち、原野のなかを生き抜いているように、弱小国日本も立派な情報機関を持ち、世界から情報を集め、それを正しく分析し、判断して国家戦略の資料にしなければならない」

そう進言すると吉田首相は「わかった」とただちに内閣調査室の設置を命じた、と。もっともこれは村井自身の説明であり、真相はもっと複雑で、日本版ＣＩＡ構想の水源はもう少し深い場所から湧き出していた。

弱い兎は長い大きな耳を持つ、とは最小限の軍事力しか持たない代わりに、情報機関を重視するという意味合いである。

内調をつくる、という提案は村井のオリジナルなのかどうか、である。そうではないだろう。吉田首相自身、経済復興を優先した〝軽武装論〟を信条としていたからである。

吉田は終戦間際に和平工作を画策していた。戦争に負けると日本にも共産革命が起きる、と警戒していた。伝統的な保守主義者の吉田にとって最も恐れていたのは〝国体の護持〟ができないこと、すなわち天皇制が崩壊することだった。彼は陸軍が嫌いだった。無謀な陸軍が中国大陸深く侵攻して戦線を泥沼化させた、ならず者のヒトラーと三国同盟を結んだ、その結果が最強国アメリカとの戦争につながった。問題は負け方だった。悲惨な負け方をすれば、共産革命が起きる、と信じていたのである。

ポツダム宣言を受諾して無条件降伏した日本は連合国軍に占領された。陸軍の叛乱分子によるクーデターは不発に終り、内戦状態は回避できたので、幸いにも吉田が最も恐れていた共産革命は起きなかった。

天皇による終戦の玉音放送から42日目の昭和20年9月27日、昭和天皇がアメリカ大使館公邸に、ダグラス・マッカーサー連合国軍最高司令官を訪ねた。昭和天皇とマッカーサーと二人並んだ写真が新聞紙面を大きく飾った。天皇側とマッカーサー側との間で秘密裏に、戦争責任者は昭和天皇ではなく東條英機である、との合意があったとされている。

天皇制が護持されるためには、もうひとつの手続きが必要だった。このあたりは拙著『ジミーの誕生日』に記したが、翌昭和21年の新憲法づくりであった。

マッカーサーは日本側に独自に新憲法草案をつくるように伝えてあったが、それと関係なく昭和21年2月3日に総司令部民政局長のコートニー・ホイットニー准将を呼び、すぐに憲法草案づくりをせよ、と基本の眼目を指示した。ホイットニーは、マッカーサーの執務室で、黄色いレポート用紙に素早くペンを走らせた。

「天皇制は世襲でよい。ただし、法律で役割を限定する」

憲法草案の締め切りはリンカーン誕生日の2月12日だと述べた。日本側には2月13日までに憲法草案の書き直しを提出するように指示してあったからだ。ホイットニーは、チャールズ・ケーディス民政局次長に憲法草案起草のチームリーダーを任せた。民政局は第一生命ビルの6階にあった。25人のスタッフが会議室に集められた。民政局のスタッフは階級章をつけた軍服を着ているが、もともとは弁護士であったり大学教授であったり研究者であったり、専門家が揃っていた。

こうして1週間の突貫作業で憲法草案はつくられた。約束の2月13日には、縁無しメガネにへの字の口唇、頑固一徹の保守主義者、吉田外相に突きつけるのだ。それとは知らず、日本側は伝えられたとおりに独自の憲法草案を持参して待っているはずだった。

ホイットニー准将とケーディス大佐は、あえて吉田外相邸を訪問するかたちを選んだ。昭和天皇がマッカーサーを訪問したアメリカ大使館公邸の少し先、霊南坂を上り切って先へ進み、それから右へ折れると焼け残った屋敷があった。そこが外相官邸である。周囲は空襲で瓦礫の山だった。

外相官邸のサンルームには吉田外相と、日本側の憲法草案の責任者・松本烝治博士（国務大臣で憲法問題調査委員会委員長）と、翻訳担当の外務省職員、吉田外相を補佐していた白洲次郎の4人が待機していた。テーブルの上には松本私案が置かれていた。

ホイットニーは、テーブルの上の松本私案を無視してこう言った。

「わが最高司令官は……」

いきなり、アメリカ側が憲法をつくってしまいました、と切り出したのだから日本側の4人は完全に虚をつかれ呆然としている。

ホイットニーが「この憲法草案を閣議決定するように」と言うと、吉田は「総理大臣に報告しなければならないし、閣議で他の大臣とも話し合わなければならない」と返答している。その後、日本側は時間稼ぎをしながら返答を延ばすが、GHQ側は厳しく、とうとう幣原首相が昭和天皇に、マッカーサー憲法を受け入れます、と報告した。その後、ケーディス大佐と松本博士の間で日本語訳のすり合わせがあり、終わったのが3月5日の夕刻だった。民政局のスタッフが厚木飛行場までジープを走らせた。ワシントンで極東委員会の審議が始まるのはアメリカ時間で3月6日、ぎりぎり間に合った。

マッカーサーは連合国最高司令官だが出先の長官であって、極東委員会が最終権限を握っていた。極東委員会はアメリカ、イギリス、中国、ソ連、フランス、インドなど11カ国で構成されている。極東軍事裁判の開廷が迫っていた。

極東委員会では、昭和天皇を戦犯に、という強硬な意見もあった。だが日本政府が新憲法第一条で「天皇は象徴」と記してしまっている段階では昭和天皇を訴追できない。極東委員会が「天皇不起訴」を決めたのは4月3日だった。東條英機らA級戦犯28人に起訴状が伝達されたのは4月29日、昭和天皇の誕生日だった。あなた方は昭和天皇の代わりに裁かれるのですよ、というメッセージが込められている。

マッカーサーはよく知っていたのである。昭和天皇の存在が占領統治には不可欠ということを。

吉田茂にとって、明治憲法にある「天皇大権」は否定すべからざるものだった。だが天皇家が存続できたのだから「国体護持」には違いなく、極東委員を出し抜いたマッカーサーの完全な作戦勝ちであった。

天皇の権威を活用することで占領のコストを低く抑えるというマッカーサーの目論見は功を奏した。昭和天皇はこの年から各地を巡幸して回り、熱狂的な歓迎を受けた。焼け跡のなかで飢えに苦しむ日本人の不満は爆発せず、しだいに秩序が安定し内乱が起きる気配も消えた。在日占領軍の数のうち、当初、アメリカ軍は40万人だったが、2年後には10万人に激減している。

GHQは、日本が軍国主義化した原因を彼らなりの解釈でひとつひとつつぶしていった。民法を改正して家父長的な家族制度を解体し、中央集権的な政治体制をあらためて、知事を任命から公選制にするなど地方分権へ舵を切り、警察と地方行政の権限を一手に掌握していた内務省を解体しその権限を削ろうとした。その他、婦人参政権、財閥解体、労働者の団結権など改革が進められた。

こうした改革の中心には民政局長のホイットニー准将、民政局次長のケーディス大佐らがいた。だが対日占領方針も、当初の軍国主義解体から、国際的な米ソ冷戦の進行によって変わっていく。昭和23年11月に東條英機らに絞首刑の判決が下されると、翌月、新憲法草案作成の中心人物であったケーディス民政局次長はさっさと帰国してしまう。アメリカの対日占領政策が、改革から共産主義の防波堤へと転換したからである。

代わって勢いづいたのは自ら「小ヒトラー」と呼ばれることを好んだドイツ生まれの筋金入りの反共主義者ウィロビー少将であった。GHQ内部で民政局と対立していた参謀部は、改革の行き過ぎによって労働争議が増え、共産主義革命が起きると警戒していた。諜報活動の元締め参謀第二部の部長ウィロビー少将は、新憲法制定の経緯を苦々しく思っている吉田首相と気脈を通じていた。

ウィロビー少将は、戦後に解体された特高、憲兵、日本軍の諜報機関、高級参謀などを雇用し、参謀第二部の配下組織をつくりかけていた。大陸では共産党が国民党政府に勝利して中華人民共和国が成立すると、翌1950年（昭和25年）に朝鮮戦争が勃発した。

対共産圏の諜報活動や国内の治安維持活動は、ウィロビー少将の参謀第二部が中心に担っていたが、講和条約が発効すれば、日本は独立しこうした機関も引き揚げてしまう。そこでウィロビー少将は参謀第二部の仕事を、本国の新しく発足した諜報機関ＣＩＡとつなげようと考えた。

朝鮮戦争が勃発するとマッカーサーの指示で自衛隊のもととなる警察予備隊がつくられるが、人員も７万５０００人、装備も貧弱で軍隊と呼べるほどの体裁ではない。頼りにならない小さな軍隊よりも、日本独自の情報収集・分析の機関、いわば日本版ＣＩＡが必要だとする意見が、吉田周辺では台頭していたのである。

吉田とウィロビーとの間での日本版ＣＩＡ構想の準備過程で、まずは内閣官房調査室を、と第一歩が踏み出されたのである。

第二章　失墜

権力闘争に屈した「使命感」

綜合警備保障の創業者・村井順の使命感とは何か。1952年（昭和27年）に吉田茂首相に内閣調査室をつくるべきと進言し、初代内閣官房調査室長になったことをすでに記した。

ところが村井順は内調室長就任後、1年半で辞めている。僕は赤坂の綜合警備保障の白いビルの応接室で村井順の息子である村井温会長と向かい合って、歴史を遡ろうとしている。

「なぜ、1年半で辞めなければならなかったのですか。情報機関のあり方やその主導権をめぐって吉田首相の周りで権力闘争が起きていたからではないでしょうか」

「わたしの父はあまり恨みをもつ人間ではないので、そういうことは言いませんけどね」

村井会長は静かな口振りで弁解したが、僕の問いかけを否定はしなかった。

松本清張の小説『深層海流』には、「総理庁特別調査部長川上久一郎（内閣官房調査室長村井順のこと）が、ロンドン空港で英国官憲から身体検査を受け、3000ドルの闇ドルを没収されたというニュースは、日本の新聞に報道された」とある。この新聞記事は、リーク情報にもとづいており事実としては間違いだらけの怪文書の類いであったが、この時点では真相は明らかにされず、村井の進退はのっぴきならぬところまで追い詰められていったのである。

村井は1953年（昭和28年）夏、渡米してワシントンへ行き、CIA長官アレン・ダレス（国務長官ジョン・フォスター・ダレスの弟）に面会した。吉田首相からダレス長官宛の親書を携えている。日本側の内調の拡充案、それが日本版CIAといえるものかはともかく、その案を提示するためである。

村井は密使である。表向きの外遊理由は、スイスで開かれるMRA（道徳再武装運動）大会への私費旅行としての出席だった。カモフラージュのためワシントンからロンドンへ足を延ばし、さらに西ドイツのボン空港へ降りた。ロンドンからはMI6（英国秘密情報部）の諜報員が同行してきていた。ボン空港で外務省職員の出迎えを受けるのだが、この外務省職員が曲者だった。

「西ドイツで米国の諜報部の最高責任者と会見しようとしたが、ロンドンから同行した英国の諜報機関の二人の人物に妨害された」と、本国へ電文を打ったのである。それが外務省から記者クラブへとリークされ、別の闇ドル事件の怪情報と重ねられて信憑性があるかのようなスキャンダルに仕立て上げられた。

こんなふうに報じられている。

「闇ドルを没収されたとか、スパイに尾行されていたとか、渡欧中奇々怪々なウワサをふりまいた内閣調査室長の彼は22日、パンアメリカン機で羽田空港に帰って来た。タラップを降りきらぬうちから〝事実無根だ〟とウワサの否定におおわらわであったがこのウワサの出所は何と西独ボン市の日本公館に勤務する若い外交官某（特に名を秘す）が外務省にあてた私信からであることがわかった。この私信には彼が渡欧中、某国情報部員2名に尾行され、身体検査までされたのに何故か一言の抗議もしなかったとあるが、ことの真偽はこの外交官某と彼とを対決させなければわからない」（読売新聞昭和28年9月23日付）

ここで「私信」とされているのは、いわゆる社会通念でいう私信とは性格がことなるのである。「外務省の『私信』なるものは、半ば『公信』の形式で通達され、それに対する報告もまた『私信』のかたちでするのが慣例となっている」（『深層海流』）と考えてよい。外務省が組織として村井に立ちはだかった構図が見て取れる。

内調は、旧内務省（警察）、外務省、法務省などの寄り合い所帯だった。外務省は、警察主導の内調には不満があった。つまり内務、すなわち国内の共産党など治安対策は警察主導でよいが、国際情報は外務省の専管事項であるとの縄張り意識が強い。

村井の密使としての行動に気づく者はいないはずだったが、そのすぐ足下にいた。外務省から内調へ出向している人物が、現地の大使館に連絡を取り、逐一、村井の動向を追跡していたのである。

村井は帰国すると羽田空港で記者たちに包囲された。旅行の目的はと問われ、各国の治安状況の視察や、情報の調査研究だと答えた。松本清張『深層海流』にはこんなやりとりが記されている。

「そのような重要な公用で海外出張をするのに、なぜ私費で行くのか。私費なら旅費を誰が工面したのか」と質問された。

「MRA出席による海外渡航は私費による許可を受けていたからだ。旅費は友人が出してくれた」

「外交旅券を持って行ったのはどういう理由か」

「外務省の情報関係もあるので、外務機関が外交旅券にしたらというのでそうなった」

まさかCIA長官との打ち合わせであります、とは言えない。

『深層海流』では、内調の調査員のなかに村井の外遊目的を知っている者がいて、ソ連機関員を通じて情報が流され、英国諜報機関にもキャッチされたのではないか、と推測している。

当時の新聞をめくってみると、闇ドル事件報道が政界中枢に波紋を拡げ、それが村井への疑念へ結びついている様子がわかる。

「渡欧中の内閣調査室長村井順氏がイギリスで闇ドル3000ドルを官憲に没収された事件が伝えられるや福永官房長官は大あわてで上京中の吉田首相に報告するやら外務省に問い合わせるやら。（略）村井氏の渡欧に関しては目的がはっきりしないのみかお役所から正式な出張を命じられていながら正式な旅費が一文も出ていないとあってはますます疑念が濃くなるばかり」（読売新聞昭和28年9月18日付）

内調室長である村井の上司は、内調を拡充して日本版CIA構想へ膨らませようとしていた緒方竹虎官房長官だった。

緒方は元朝日新聞主筆で、終戦の1年前の1944年（昭和19年）夏、東條内閣が瓦解して小磯國昭内閣が発足すると情報局総裁に任命された人物である。

戦後、戦犯容疑者に指名されたが、結核の症状が認められたため巣鴨プリズンに収監されなかった。公職追放処分を受けていた緒方に、追放解除が訪れたのは1951年（昭和26年）8月、翌1952年（昭和27年）10月の総選挙で衆議院議員に初当選して議席を確保すると、同時に第四次吉田内閣の官房長官に抜擢された。吉田は記者会見で「大物官房長官が来たから私など用はない」と機嫌がよかった。すぐに緒方を官房長官だけでなく副総理兼任にした。

だが吉田に代わって議会答弁などをこなし内閣のまとめ役となった緒方を、吉田はすぐに警戒しはじめた。半年後の1953年（昭和28年）3月、緒方は官房長官兼任の副総理から、副総理専任とされ、緒方と対立する福永健司が官房長官になっていた。内調は官房長官の管轄下なので、村井は後ろ盾を失っていた。

闇ドル事件では村井は報道被害者といえた。朝日新聞のコラム「天声人語」が「本欄でもこれを取り上げ、ぬれぎぬを重ねたのは調査不十分であった」（朝日新聞昭和28年10月7日付）と誤報を認めるが、村井に対して非難囂々の新聞記事が出尽くした後であり、政治家からの信頼も失ったいま、時遅しであった。

村井にとっていちばんの難題は、自分の身の潔白を晴らすことができない状況になっていたことだった。なにしろ吉田首相までもが、怪文書的なリークをもとにした新聞記事を信じてしまっていたからである。

「誤解を解くには、お目にかかるしかない。話せば、わかってくださる」

吉田首相への説明の機会を得ようと試みたが、なかなか会ってもらえない。福永官房長官という壁があったが、内閣調査室は、当初は内閣官房調査室であり、いつでも首相への報告の機会を得ることができた。各省バラバラの内外の情報をひとつに集約して整理して首相に報告するのは室長の仕事である。あいつは反吉田派だなどという政治的な流言の背景には、調査室は各省が集めた権威ある情報を切り貼りして自前の情報であるかのように報告しているとのやっかみもあった。

それらは首相秘書官として仕えて以来の信頼関係があればこそ、かわすことができた。歯に衣着せぬ進言をする村井を、吉田は好ましく思ってくれているはずだった。にもかかわらず、今回は面会を申し込んでも首相執務室からは梨のつぶてだった。

吉田から向けられた疑心暗鬼は、外務省の謀略による新聞へのリーク情報によって村井自身に降りかかった事件に端を発していたからである。

村井は国道1号を西へ急いだ。官邸は秘書官が分刻みの日程を入れている。吉田は必ずしも官邸に精勤するわけではない。国会での答弁も緒方副総理に任せっぱなしになっている。大磯の吉田邸にいる時間はつかんでいた。「伺います」とは、ぬかりなく屋敷側に伝えておいた。

昭和28年も暮れようとしていた。車の左側に拡がる相模湾にそそぐ川をもう何回渡っただろう。相模川は河口近くでは馬入川と呼ばれており川幅は200メートル近い。そこに架かる橋を越えると右手に富士山が見えてくるはずだ。

するとと対向車線のはるか先から近づく黒い高級車が視界に入った。フライングレディと呼ばれる独特のエンブレム、角ばったボンネットの両脇に頬を膨らませたようなフェンダー、間違いない、吉田首相愛用のロールスロイスである。擦れ違う瞬間に、後部座席にまぎれもない吉田首相の姿が寸刻見えた。ロールスロイスは瞬く間に遠ざかっていった。

「そうか。ここまで来てもダメか。避けているのか」

吉田首相の明確な拒絶の意思が自分に向けられていることを村井は悟るしかなかった。この直後、12月18日に内調室長を更迭、京都府国家地方警察隊長への異動の辞令が発令された。

村井は「権力闘争」の結果として、スキャンダルに巻き込まれて内調を去ったが、翌年に起きた出来事で悔しい思いに駆られる。

東京で活動していたソ連代表部のユーリー・ラストボロフ二等書記官がCIAの手引きでアメリカに亡命する。ラストボロフは、外務省にソ連のスパイがいることを明らかにした。そのなかに内調室員の日暮信則がいた。内調の主導権をめぐって内務省出身の村井と対立していた外務省の実力派である曽根明から送り込まれた手下の日暮は、警察の取り調べを受けると四階の部屋から飛び降り自殺してしまう。

占領期の日本は主権国家ではない。東京は各国の諜報機関の草刈り場でもあった。

内調の崩壊、雲散霧消

何を訊きたいのか、と無愛想に構えている長身で背筋を伸ばした白髪の人物は70代半ばである。

「内調には揺籃期のような時代があったんですな。村井さんより以降はいわば〝正史〟でしょう」

日本版CIA構想は水面下で盛り上がったが、ついえたのである。さまざまな人物が現れ、野心や思惑が渦巻いた時期があった。

「正史とは、役人のつまらない歴史という意味ですね」

と念を押すしかない。

1990年代に内閣情報調査室長を4年間務めた大森義夫は『日本のインテリジェンス機関』(2005年)を著している。内調出身の人物がその内幕を描くことはほとんどない。その意味では異例ともいえるが、やはり差し支えのありそうな部分は著書から用心深く排除されている。

「内調の歴史に私は通じているわけではないし、それを記述した部内資料も存在しない」と記すのだから。村井の失脚については数行触れている。

「内閣調査室の運営をめぐって内務省系(警察)と外務省との間で激しい主導権争

いが闘われたことで、結果は初代室長村井順さんの失脚にまで及んだ。霞ヶ関の各省相剋は時として絶望的なくらい深刻である。日本の情報組織発展を妨げている要因の一つが役所間の縄張り争いであることは今日まで変わっていない」

内調はとても「インテリジェンス機関」と呼べるものではないと思うが、あえてタイトルに選んだところを勘案すると、内調そのもののあり方に満足していないことが窺えないでもない。

冒頭の発言は、村井順が初代室長だった時代に、日本版ＣＩＡ構想が頓挫した事実について、少し突き放した表現だ。こうなってしまった内調に対する失望感も滲んでいる。質問に対して言葉を選びながら答える大森氏だが、会話が進むにつれこんなことを言いはじめた。

「私も20歳ぐらい若かったら、民間軍事会社をつくろうとしていたかもしれない」

現地のオペレーションのなかで情報をやりとりしなければ諜報活動とはいえないからだ。ＩＳによる日本人人質殺害では、結局、日本政府は独自の情報を得ることができなかった。

安倍晋三首相は２０１５年２月５日の参院予算委員会で「国際テロに対峙するためには、関係する国や組織の内部情報を収集することが死活的に重要だ」と答弁した。だが情報はギブ＆テイクであり、情報をもらうために情報を提供する、という関係がなければ手に入らない。独自の情報収集能力を高める必要がある、と述べたにとどまった。

自民党が対外情報機関の創設について作業チームをつくり、2015年秋までに提言をまとめるとして「日本版CIA　機運再び」(日本経済新聞2015年3月29日付)と新聞は書いてはいるが、では具体的にというと役所の縦割りの壁は崩せそうにない。残念ながら外務省、警察庁、防衛省、公安調査庁とそれぞれ役所ごとに動いており、内調は情報収集・分析と各省庁との連絡調整が中心で、諜報活動ができるような体制を組めるとはとても思われない。

米公文書館で新しく解禁されたCIA文書から、吉田首相時代の日本版CIA構想がどのようなものであったのか、明らかにされはじめた。同文書によると、辰巳栄一元陸軍中将が創設予定のインテリジェンス機関のトップとして想定されていた。

1951年(昭和26年)7月28日付報告書を見つけた有馬哲夫は「辰巳が創設を予定されているインテリジェンス機関の長に内定している」との記述を見つけている(『大本営参謀は戦後何と戦ったのか』)。

辰巳栄一とはどういう人物か。戦前に吉田が英国大使だった時代に駐在武官として辰巳は面識を得ており、戦後は吉田の軍事顧問としてつながりをもっていた。斜陽の大英帝国は、軍事力や経済力ではアメリカとの競争に敗れていたが、七つの海を支配した時代につくられた世界に冠たる諜報網をもっていた。斜陽の大英帝国どころか敗戦国で戦力もほとんどない日本にもインテリジェンス機関があれば、という思いは吉田と辰巳が共有できるものだった。

GHQ参謀第二部のウィロビー少将は、旧陸軍の諜報機関、高級参謀などを雇用して中ソに関する情報を収集し分析させていた。その中心人物の一人が辰巳だった。辰巳は、インテリジェンス機関をつくるために人材をひそかに集めはじめたが、なぜか吉田はいったん出しかけたゴーサインを引っ込めた。旧陸軍出身の大物がインテリジェンス機関のトップに就任するとなれば、猛反対をくらうからだろうし、準備にはそれなりの法令を整えなければならない。

吉田は、戦時中に情報局総裁だった緒方竹虎に準備をさせようと思いついた。公職追放を解除された緒方は、次期総選挙に出馬する予定だった（当選後、副総理兼官房長官に就任）。吉田にインテリジェンス機関設置を勧めていたウィロビー少将は、講和条約が発効する1952年（昭和27年）4月、帰国してしまう。締め切りは迫っていた。

ぎりぎり間に合う奥の手を考えた。当面、議会によらず内閣総理大臣の権限で可能な範囲の組織をつくればよいのだ。総理府令で「総理府組織規程」に一項を加えて、「内閣調査室」という名称と「調査室においては政府の重要施策に関する情報の収集および調査ならびにこれに関する各行政機関の事務についての連絡調整に関する事務をつかさどる」という機能を明文化した。こっそりと議会にはかることなく、日本版CIAのタマゴが産み落とされた。

昭和27年4月9日官報に記載されただけで目立たなかった。村井順は粛々と室長に就いた。少人数でスタートした。CIA文書には、吉田はまず保安隊（のちの自衛隊）のことを先にして、インテリジェンス機関は後回しにした、と報告されている。本格的なインテリジェンス機関の前に、首相の秘書室のようなかたちで内調を立ち上げたのだ。

村井は「世界情勢は厳しい。弱い兎は長く大きな耳を持たなければいけない」と吉田首相に提案すると「わかった」とただちに内調の設置を命じられた、と回想しているが、旧陸軍中将の辰巳栄一の存在や、CIAとの関係を前面に出すわけにはいかなかったからだろう。

小さなタマゴの内調をインテリジェンス機関へと孵化させようとしたのが、講和条約が発効して半年後、緒方が副総理兼官房長官として華々しく打ち上げた「新情報機関構想」だった。だが緒方構想は、たちまち囂々たる非難にさらされる。戦時中に情報を統制・操作して国民を戦争に駆り立てた元情報局総裁が、占領が終わったとたんに何を言い出すのか、という批判である。

緒方構想は、海外からの放送や通信の傍受など情報を収集し分析するための組織をつくりたい、という程度のものにすぎなかったが、戦前の情報局の復活と怪しまれた。CIAの報告書には、緒方の要請として、CIAという機関がどういうものか、参考にさせてもらうための組織情報を教えてもらいたい、資金援助もしてほしい、とあった。

しかし諜報活動はギブ&テイクである。日本側が提供できるのは、かつてウィロビー少将の下で雇用されてきた旧陸軍関係者の活動、つまりソ連や中国共産党など共産圏に対しての通信傍受や暗号解読、大陸からの引揚者への尋問など専門的な業務である。辰巳がインテリジェンス機関のトップに想定されていたのは、こうした人材を集め、監督できるからであった。しかし、旧陸軍が得られる情報は、古くて使いものにならなくなっていく。

村井のスキャンダル騒動、さらには後ろ盾であった緒方が官房長官を外されるなど、日本版CIA構想は崩れ去った。松本清張は『深層海流』の4年後、『現代官僚論3』で、日本側の準備不足について、こう述べている。

「アメリカ側は日本側に高度の情報を渡すことはなかったのである。彼らは日本には秘密保護法がないから、そのような情報を与えるのは危険であるとの理由で拒否したのだった」

吉田茂の没後11年になる1978年（昭和53年）末、警備会社として規模を拡大中の綜合警備保障社長村井順と、吉田茂の軍事顧問ですでに83歳の辰巳栄一が再会し、久し振りに想い出話に耽った。その回想対談の記録を入手した。

辰巳は諜報活動について、村井内調室長に頼まれたのだが、としてこう語っている。

「大本営の情報参謀であったそれぞれを中心にして優秀な者10人ばかりを推薦しました。そのころ、ソ連と中共から引揚者が帰国していたので、彼らはその引揚者から抑留されていたシベリアや中共地区の各種の情報資料を詳細に得ることに成功した。その成果はじつに素晴らしいものでした」

村井自身が頼んだというよりCIAに支払う情報の対価として、対共産圏情報を提供する意図があったのである。

村井は自分が巻き込まれたスキャンダルについては、その後、吉田からの誤解を解く機会があった。ワシントンでアレン・ダレスCIA長官に吉田親書を渡して使命を果たしているのだが、「重要な書類（親書）を盗まれた」とデマ情報を信じている者が多かった。当の吉田自身も含めて。村井は概要を、吉田にこう説明した。

「手紙を読んだダレスは、すぐ返事をくれましたよね。返事はアメリカの外交文書のなかに入れて東京に届けてもらいました。吉田さんもその返事をご覧になったではありませんか」

すると吉田は破顔一笑した。

「なんだそんなことか」

憶えていなかった。村井がスキャンダルに巻き込まれていたころ、ジョン・フォスター・ダレス国務長官から、再軍備の増強を迫られていたからである。7万5000人で始まった警察予備隊は保安隊に改称して11万人に増強したばかりだが、15万人でも足りないと、ダレス長官は強硬だった。諜報機関まで頭が回らない。

村井が届けた親書に対する返事が、CIAの公開文書のなかに見つかっている

（吉田則昭著『緒方竹虎とCIA』）。

「日本国首相　親愛なる吉田へ。貴政府の内閣調査室長村井順氏と最近再会し、（略）確立された継続的で卓越した関係を私が楽しみにしていると確言します」

話を現代に戻そう。元内調室長の大森義夫は、机上でインテリジェンス機関をつくろうなど、到底無理だと思っている。

「役所をひとつ増やしておしまい。リスクの高い地域で活動している企業やJICAなどは現地の治安当局と密接に連絡を取り合っている。それ以上の情報、泥水をすすりながら自前で集めた情報でなければ、他国の情報機関に相手にされない」

「官」の縦割りでは何もできない、として村井が綜合警備保障をつくった、そう考えてみると民間警備業の可能性も見えてくる。

第三章　萌芽

日本初の警備会社を興した二人の若者

帝国ホテルのフロントの前で二人の青年が緊張した面持ちである人物を待っていた。

フランク・ロイド・ライト設計の帝国ホテルは、落成披露当日に関東大震災に遭遇するという数奇な運命をもってスタートした日本を代表するホテル建築である。日比谷通りに面したファサード（正面外観）は、睡蓮の浮かんだ池を前景として、両側には大谷石を装飾的に彫り込んだ東洋風の屋根をもつ建物がシンメトリー（左右均衡）に配置されている。誰でも日比谷通りを歩きながらふと振り返る印象的な建築物である（このフランク・ロイド・ライトの代表作は、昭和42年12月に解体。その姿は都心から消えて、いまは愛知県犬山市の明治村に移築されている）。

二人の青年、一人は眼が大きく眉が濃い29歳の飯田亮（まこと）、もう一人は切れ長の眼で頬がほっそりと整った顔、30歳の戸田壽一である。二人とも日本人としては長身で170センチ台半ば、身体もがっしりしている。飯田は学生時代にアメリカンフットボール部のランニングバックでキャプテン、戸田は野球部でセカンドを守った。

1962年（昭和37年）5月である。ツツジが満開の日比谷公園を横切って、約束の時間より早く帝国ホテルに着いている。

やがて50代の金髪で口髭の北欧人が現れた。二人に気づくと、相好を崩して両手を拡げ、身振り大きく握手を求めた。北欧人と聞いていたが、背格好は同じぐらいで威圧感はない。戸田はカナダ育ちで流暢な英語を話すことができるので、たちまち打ち解けた。

だがロビーに坐ると、その北欧人フィリップ・ソーレンセンは険しい表情で言った。

「新しいビジネスは最初にやる人のモラルのつくり方が、そのビジネスの方向を決めるのです。社会に与える影響は大きいので、スタートのところで間違ってしまうと、とんでもないことになってしまいます」

ソーレンセンは、戦後の復興を果たして高度経済成長が始まりかけている日本は、これから大きな市場になるだろうと睨んでいた。だから、徒手空拳のこの若者たちに、欧米における警備業の歴史、歩んできた道程のなかでぶつかってきたさまざまな課題を、きちんと説明しておきたいと思ったようだ。

飯田と戸田は、それまでにソーレンセンと手紙のやりとりをしていた。

「このたび日本ではじめて警備会社をつくることになりました。ついては国際警備連盟に加盟させていただきたい」

戸田が英文の手紙を書いた相手が、国際警備連盟会長のソーレンセンだった。スイスのベルンに連盟の本部があった。

これまでにないベンチャー企業のつもりで起業しようとしていた二人は、警備業についての外国の文献を読み漁っているうちに国際警備連盟というものがあると知り、これに加盟できれば箔がつく、と考えたのである。

ソーレンセンは、1930年代からスウェーデンで警備会社を経営して、類似の会社を吸収合併しながら規模を拡大してきた実績がある。アジアへの進出も考えていた。実際に香港で警備業の立ち上げ計画があったが、現地法人との調整がうまくいかず商談がご破算になっている、その時期に戸田の手紙が届いた。すぐにソーレンセンは、

「ちょっと待て」という返事を書いたのである。

「いずれ近いうちに日本へ行く日程を組むつもりがあるので、それまで会社設立を待つように」

帝国ホテルで、ソーレンセンは二人の若者と会話しているとき、ある種の素性の

よさ、大切な警句が素早く血液のなかに流れ込み脳髄に刺激を与えている、そんな彼らの反応に心地よさを感じていた。

「警備業には崇高な倫理観が求められます。警備業に携わる人には、正直であるがゆえに与えられる資格、使命があります」

飯田も戸田も、ソーレンセンの口元から溢れ出す日本語的な道徳表現ではない翻訳語的な概念が新鮮だった。

国際警備連盟の憲章にはこんな一文が記されていた。

「国際警備連盟とは自由主義と政治的中立性をその厳格な特色とする、超国家的な国際間の連盟であって、世界の民間警備事業の水準の開発と、その相互援助の目的で設定された、いわば世界における民間警備事業のリーダーシップをとる機関である」

飯田と戸田は、東京・九段にあった五階建ての旧千代田会館の小さな一室を借りて、ニュービジネスの立ち上げ準備をしていた。日本には先行するビジネスモデルがあまりない。アイスクリーム屋のチェーン店や、そのころ流行りはじめたばかりのボウリング場の経営や、アメリカのシアーズ・ローバックのカタログにヒントを得た通信販売など、二人は熱心に語り合った。

たまたまアリタリア航空に勤めている学習院大学の先輩が帰国しているので飲もう、と誘いがあった。鳥鍋屋で夕食をつつきながら、そのころでは先端情報でもある海外事情について話がはずんだ。

「欧米では警備の民間会社があるんだぜ」

日本では守衛や用務員や宿直があたりまえで、警備の専門会社という発想はない。「水と安全はタダ」という国柄である。

「それは、おもしろい」

飯田と戸田は、一瞬で正解にたどり着いた気がした。

シアーズ・ローバックについては本気で考えていたからである。

アメリカの雑誌を読む習慣があった戸田は、シアーズのカタログを入手していた。

「どうだい。シアーズ・ローバックの日本版をつくるというのは。日本人は舶来品に弱いからいけるぞ」

父親の酒問屋の手伝いをしている飯田は、ピンときた。

「そうだな。まだ誰もやっていないから、やれば成功の確率は高いな」

二人はそんな会話をしながら、シアーズ・ローバックの日本版ができないかと考えた。

アメリカといえばニューヨークなど高層ビルの大都会を想像するが、国土のほとんどは地方なのである。通販文化が19世紀から根づいている。広大な国土のほとんどは農村部であり、ジェネラルストア(よろず屋)や行商人から日用品を買うしかない。

余談だが、手元に1900年発行のシアーズカタログがある。『ミカドの肖像』を書いていたとき、手に入れた。

「ページをめくりながら、アメリカの消費財の種類の多さ、豊さに圧倒されていた。1220ページもあるカタログには、消費ニーズが分散化しつつあるライフスタイルを巧みにリードした『東急ハンズ』の品揃えを連想させる、個性的でマニアックな種々雑多の商品がちりばめられているのだった。パイプは50種類、ナイフは65種類、スプーンに至っては、数える気も起こらない。レジャー用品としての野球のミット、ボクシングのグラブ、ボウリングのピン、ブランコ、ハンモック、ピアノからホルンやヴァイオリンまでのあらゆる楽器。ハンマー、グラインダー、キイ、金庫、洗濯機などの生活用具……（略）。このカタログを見ていると、何時間も飽きない。広い大陸のあちこちの田舎の町々で、人びとはこのカタログを眺めては必要な商品の郵送を依頼していたのだろう」（『ミカドの肖像』）

いわばアメリカ発のアマゾンは、こうした通販文化の延長上にあるのだ。

考えれば当然のことだが二人は、先端的な消費財を揃えたアメリカ的なライフスタイルの厚みに憧れてはみたものの、豊富な品揃えのためには在庫管理システムをどうするか、独自商品の開発をどうするか、という壁にぶつかった。

だが警備業には配達する商品がいらない。警備の対象となるオフィスや店舗や倉庫へ、巡回警備や常駐警備をするための〝人〟を配達すればよいのである。

そこまでは見えた。だが実際にどうやるのか、手探りである。ソーレンセンから手紙の返事がきたのは、窓越しに桜が満開に見えた時季だった。資本金は、飯田が持っていた有価証券を売却して50万円、戸田の出資を加え、信用金庫から借りても200万円しかなかった。

帝国ホテルの場面へ戻ろう。ソーレンセンは意外な提案をした。

「香港で投資する予定だった資金が余っている」

資金不足の二人は、渡りに舟だと思った。ソーレンセンが残り半分を出すと言った。会社設立は初体験だから、ソーレンセンが「ではわたしのほうで201万円出しましょう。あなたがたは199万円でよいのですよ」と提案したときには、花を持たせる、ぐらいの意識で、深く考えずに合意した。

出資比率はソーレンセンが51パーセントということになるのだが、わずか1パーセントの差でもマジョリティを握られるという意味を、若い二人はまだよくわかっていなかった。

ソーレンセンは初期投資を減らすために当座のオフィスを用意すると提案した。港区・芝公園にスウェーデンのベアリング会社SKFのビルがあった。そのビルの一隅、小さな会議室をタダで借りることができた。

いよいよ、スタートだ。飯田と戸田は7月7日、日本警備保障株式会社を設立した。一年に一回、牽牛と織女が出会う七夕にしたのはロマンチックで洒落ていると思ったからで新橋・烏森のトリスバーで祝杯をあげた。

いざ営業活動を始めると、二つの大きな壁にぶつかった。守衛や宿直があたりまえの時代、「自分の城は自分で守る」が常識であり、警備業とは何かを説明してもわかってくれない。もうひとつの壁は、契約方法であった。3ヵ月分を前金で支払ってもらう、との契約方法を理解してもらえない。

飛び込み営業で、自分の会社の隣から一軒一軒と営業して回ったが空振りだった。初契約がとれたのは3ヵ月後だった。「お客さん、変なものを食べるようなものだろうね、そう日本で初めてナマコを食べた人のような勇気だったかもね」と二人は顔を見合わせ大笑いした。

飯田と戸田は注文しておいた制服に身を包み、嬉しさを噛み締めながら、契約先の事務所がある銀座へと歩いて向かった。道行く人がみな二人を振り返ってじろじろと見た。警察でもなければ消防でもない、いったい何の制服だろう？　面映いし、恥ずかしい。

価値観の転換、少年期の終戦体験

飯田亮と戸田壽一、少し軽はずみでありながら屈託のない欧米のニュービジネスに惹かれる未来志向の二人の青年は、昭和20年の終戦の年にはまだ12歳と13歳にすぎない。B29爆撃機がただ頭上を通りすぎただけではないことと同様に、終戦は大きな価値観の転換をもたらしたのである。

前年の昭和19年夏に東條英機内閣が倒れ、小磯國昭内閣になり、昭和20年4月には小磯内閣が崩壊し、鈴木貫太郎内閣へ代わった。B29が各地の都市へ空襲を繰り返しているにもかかわらず、戦争の終結に向けた有効な手立てが打たれることがなかった。大磯の吉田茂邸に憲兵隊がやってきたのは4月15日だった。吉田は和平工作を画策していたとして逮捕され、渋谷の陸軍刑務所に収監された。

「私が憲兵隊に連行されたのは、たしか四月中ごろのことであったと憶えている。大磯の私宅から連れて行かれる自動車の中で、召還される原因は、秋月翁の潜水艦の一件だろうと想像していた」（吉田茂『回想十年』）

秋月翁とは吉田の遠縁の元外交官秋月左都夫（さつお）で、海軍が和平交渉をするにふさわしい人物を潜水艦に乗せイギリスへ送り込むつもりでいる、それには元駐英大使の吉田がよいのではないか、とそんな話があった。憲兵隊が吉田の監視を始めたのはかなり早い時期からで、日米開戦より以前、日本が日独伊三国同盟へと急速に傾斜していくころ、英米派として眼をつけられていた。

実際の吉田に対する逮捕理由は、この一件とは別の終戦工作にあったが、吉田は45日間拘留されただけで不起訴処分となり、再び太平洋を望む大磯へと戻っている。いずれにしろほとんどの国民は、終戦工作など知るよしもない。

飯田亮が神奈川県葉山の森戸海水浴場の近くの別荘に移ったのは、この年の3月。疎開先の埼玉県秩父の名栗村（現・飯能市）から転居したばかりだが、湘南中学（旧制）の受験に間に合った。受験番号はどんじりの552番だった。

父親の紋次郎は日本橋馬喰町で酒問屋・岡永商店を営んでいたが2月25日の空襲で焼け出されたため、やむなく生活の場を別荘のある葉山町へ移したのである。

藤沢市にあった神奈川県立の湘南中学には伝統があった。そのころではめずらしい水泳プールがあっただけでなく、海軍士官を数多く輩出している。湘南中学からエリート将校として出世コースの海軍兵学校、海軍機関学校へ進学する生徒が多いことは知られていた。

葉山から逗子駅まで4キロ歩き、横須賀線に乗って大船駅から東海道線に乗り換えると藤沢駅である。藤沢駅に着いて驚いた。丘の上の湘南中学まで2キロの道のりを足にゲートルを巻き戦闘帽をかぶった受験生たちがぞろぞろと向かっていく。

ゲートルを巻いていないのは疎開先から来たばかりの飯田だけで、帽子も自分だけが学童帽だった。

面接で、受験番号と名前を告げると、あとは決まり文句だ。

「将来の志望は海軍士官であります」

三人いた先生のうち一人の先生が言った。

「いやになっちゃうね。最初から最後まで海軍士官、陸軍士官。一人ぐらい実業家とか外交官とか言うやつはいないのかね」

飯田少年にとって「実業家」という言葉は意外であり、新鮮だった。同時にステレオタイプの返答をした自分を悔やみ、「しまった、落ちた」とそのときには思ったのだが、結果は合格だった。

湘南中学は、鬼畜米英の戦時下であっても、当時では珍しく英語の授業が行われていた。昭和初期から全国中等学校英語雄弁大会に優勝するなどの実績があった。海軍兵学校の予備校と言われていたぐらいだから、当然といえば当然、それだけでなく自由の空気は、名門たるゆえんである。

しかし、非常時であった。通学時には鎌を持参した。人手が足りない農家の麦刈りを手伝わされた。茅ヶ崎や平塚の海岸は、千葉県の九十九里海岸同様に米軍の上陸地点と想定されていたので砲台造りにも動員された。砲台造りといっても実際の組み立てではなく、材料となる杉材の皮剝ぎ、朝から晩まで杉の皮をむく作業である。

逗子駅へ歩くうちに、途中から同じ方角へ合流する背の高い少年と知り合った。彼も同じ湘南中学の新入生だった。逗子駅で列車を待っている間にその少年石原慎太郎と言葉を交わすようになり、帰路に逗子の石原の家に立ち寄ることもあった。石原が二歳下の裕次郎と北海道小樽市から逗子に転居したのは終戦の2年前で、山下汽船に勤務していた父親が本社へ転勤となったせいである。

このころは毎日、毎晩のように警戒警報・空襲警報が鳴り響いた。海軍の厚木基地が近かったせいでもある。空襲警報がなると授業は中止、帰宅を命じられそそくさと帰路についた。遊び盛りの少年たちにとっては帰宅を促す空襲警報だけなら大歓迎だった。だが機銃掃射に遭ってみると、戦争は死に直結するものなのだと実感する。

石原慎太郎は機銃掃射の瞬間を鮮明に記憶している。数ヵ月後に自分たちの上に君臨することになるアメリカを初めて見た瞬間でもあった。

「警戒警報が空襲警報に変わって鳴ったか鳴らぬかのうちに、渡りかけていた麦畑の真ん中で突然背後から爆音が轟き、思いがけなくも、日頃写真では見ていたが初めて目にする敵機が超低空で飛んでくるのを見た。それは今まで遠く高く仰いでいたB29とは違って、猟犬のように剽悍（ひょうかん）な艦載機だった」（『わが人生の時の時』）

少年たちは散らばって麦の畝の間に身を投げ、突っ伏した。
「次の瞬間爆音は背中に響いて、私たちを発見するのが遅すぎた敵機は前方の薩摩芋畑に掃射の銃弾をばらまいて頭上を過ぎた。その瞬間私は怖いものみたさというより、それが責務であったかのように我が身に強いて敵の姿を確かめるべく身を起こして今自分を襲って過ぎたものを目で追った。そして旋回して急上昇しようとしている敵機の胴体に描かれたどぎつい極彩色のなにやらの漫画を見届けたのだ。その印象の強烈さを今でも覚えている。あれは世界から隔絶されながら闘っていたこの国に突然もたらされた異文化の象徴だった」

B29の東京への爆撃は昭和19年の11月から始まり、当初は無差別爆撃ではなく軍需工場を狙ったものだった。昼間の明るい時間帯に、高射砲の弾が届かない上空から目標を爆撃した。だが強風にあおられ、燃料消費量が増して編隊がばらばらになりやすい。ピンポイントで軍需工場を狙ったが確率は低くそれほど損害を与えられない。

1月9日の例ではB29の72機の編隊で東京郊外の軍需工場へ向かったが、爆撃に成功したのは18機のみで、しかも倉庫1棟を破壊したにすぎず、6機を失っている。

飯田少年の実家、日本橋馬喰町の岡永商店が燃えたのは2月25日の空襲だったと書いた。B29が130機の大編隊で上空に現れたのは午後2時、昼間だった。雪が舞い、雲の上から焼夷弾を投下したが被害は比較的小さかった。

米軍はこうした経験からピンポイントの精密爆撃を止め、夜間の低空飛行での民間人をも巻き込む無差別絨毯（じゅうたん）爆撃、焼夷弾で一帯を火の海にする作戦へとエスカレートしていく。それが10万人が焼死した3月10日の東京大空襲であった。

大型焼夷弾は、ゼリー状の油脂をガーゼの袋に入れ細い金属筒に詰め、その金属筒48個を束ねたもので、B29一機でそれを80個も搭載する。焼夷弾が投下されると上空300メートルで破裂し、48個の金属筒がばらまかれる。金属筒には麻のリボンが尾翼がわりに取り付けられており、破裂と同時にリボンに火がついて落下してくるので夜空は光の雨が降ったように見える。金属筒の一本一本が転がり、油脂が家屋の壁や天井にくっついて激しく燃えるのである。

『堕落論』で知られる作家の坂口安吾は「鈍い銀色のB29も美しい」と、思わず書いた。

「照空燈の矢の中にポッカリ浮いた鈍い銀色のB29も美しい。カチカチ光る高射砲、そして高射砲の音のなかを泳いでくるB29の爆音。花火のように空にひらいて落ちてくる焼夷弾、けれども、私には地上の広茫たる劫火だけが全心的な満足を与えてくれるのであった」（『続戦争と一人の女』）

この世のものとも思われない極限状況のなかの「劫火」は網膜に焼き付けられた。

3月10日の大空襲は、夜間に超低空で侵入して絨毯爆撃で徹底的に燃やしてしまう、巨大な放火に等しい作戦だった。300機にのぼるB29が空を覆い尽くし、夜空にサーチライトが何本も交叉して超低空のB29が獲物として照らしだされる。高射砲弾が破裂し撃墜されるB29の炸裂音が火の海に響いた。撃墜されたB29は14機に過ぎず、米軍にとっては〝効率的〟な空襲だった。

この日の大空襲の焼死者は10万人、罹災者は100万人、ヒロシマの原爆に匹敵する。

飯田少年にとって、被害の少なかった2月25日の空襲で日本橋馬喰町の岡永商店が焼け落ちて父親紋次郎が葉山に疎開したのは、ある意味で幸運だった。2月25日の空襲の死者は195人、「日本橋区では本町、室町、小伝馬町、横山町、馬喰町に爆弾焼夷弾落下、死者なし、全壊60戸半壊50戸、罹災者1000名程度なり」(帝都防空本部情報)で済んでいる。3月10日の空襲なら逃げ場を失っていた可能性が高い。

警戒警報・空襲警報を繰り返して湘南海岸も夏が近づいてきた。しばしばB29の大編隊が頭上を通り過ぎていったが、それは東京や横浜を空襲するためであった。ところが7月16日の深夜から未明にかけ、湘南中学のある藤沢市の隣、人口わずか5万4000人の平塚市にB29の大編隊が来襲した。1万戸の住宅のうち8割が焼失した。

照明弾が市街の全域を照らして、次いで焼夷弾が落ちていく。対岸の葉山や逗子から、平塚の空が真っ赤に燃え上がる、息をのむような光景が見えた、と飯田少年は記憶している。

平塚の空襲は、海軍火薬廠など軍事施設を狙ったものだが、米軍の本土上陸作戦のために行われたとも推量された。千葉県の九十九里海岸と、湘南海岸が上陸地点に想定されていたのである。九十九里海岸には砂浜以外に何もないが、湘南海岸の住宅や工場などの遮蔽物は上陸作戦の際に反攻の拠点とされるから徹底破壊したのだ。終戦の1カ月前であった。

8月15日の玉音放送は葉山の家で聴いた。ピーピーガーガーと雑音が入り何を言っているのかわからないので、海へ向かう道端にある拡声器のそばまで行った。雑音は変わらなかったが負けたことはわかった。その夜、灯火管制が解除になり、電灯を覆っていた布を取り払うと部屋がパッと明るくなった。未知の戦後が始まったのである。

終戦三日後に暗殺された神父の謎

玉音放送は1945年（昭和20年）8月15日だったが、その日のうちに戦闘行為のすべてが終わったのではない。太平洋の島々や、東南アジアのジャングルですぐに銃声が消えたわけでもない。

東京の周辺でも徹底抗戦を唱える将兵たちがいた。厚木飛行場は終戦を認めない叛乱軍に占領されていた。特攻の基地だったから、米軍が上陸すれば体当たりしてでも阻止するぞ、と気勢をあげていた。一帯に戦闘部隊が1000人、訓練中の教育部隊が2500人いた。指揮命令系統が乱れているので、こうした叛乱の将兵のかたまりがどういう状況にあるのか、参謀本部ですらつかめない。

マッカーサーの進駐は8月下旬、それまでに叛乱軍が鎮圧されていなければならない。

終戦の三日後、飯田少年が葉山の海辺から、戦争の終わった青い空を眺めていると、厚木飛行場の方角で、褐色の戦闘機がすっと舞い上がっていく姿を見た。翼を反転させたときに白く縁取りされた日の丸を見た。数機の米軍機が頭上を通りすぎた。遥か遠く高い空で、閃光とともに飛行機の破片がキラキラ光りながら落ちていった。

日本国には権力の空白が生じていた。玉音放送として昭和天皇の声が全国に流れたのだから、昭和天皇が存在しているという事実は確認できている。8月15日にポツダム宣言を受諾して鈴木貫太郎内閣が総辞職し、8月17日に皇族の東久邇宮稔彦内閣が誕生している。にもかかわらず、権力はどこにも存在していないのである。旧権力は指揮命令系統を失い、新しい戦勝国の権力は未登場であった。そうなれば無法も罷り通る。

8月18日夕刻、横浜市の保土ヶ谷教会司祭館内で一人の神父が射殺体で発見された。午後3時前、憲兵服姿の男が司祭館に入っていく姿を見たという目撃者がいた。書斎兼応接間から銃声が聞こえ、手伝いの女性が駆けつけると神父は事務机のほうに両脚を伸ばし仰向けに倒れていた。眼鏡が外れて頭の上にずれて右眼に血痕が付着、耳の下あたりから身体に沿って多量の血液が流れ、机上を見れば筆書きの巻紙に血糊が飛び散っている。

犯行は一瞬であり、射殺した男はすぐに行方をくらましたようだ。弾丸は右眼から後頭部を貫通し、そのまま窓ガラスに小さな孔を穿っている。

殺された戸田帯刀神父は47歳で、カトリック横浜教区長という高い地位にあり、もともとは港の見える丘公園からさらに高台の有名な山手教会の横浜教区長館で仕事をしていた。7月29日に特設横浜港湾警備隊に山手教会が接収され、海辺の市街地から一段と奥の保土ヶ谷教会へ教区長としての仕事場を移したばかりである。海軍には、港湾の警備などを任務とする警備隊がいる。警備隊は航空機や戦艦乗務に較べるとやや格下の印象が否めない。しかし本土決戦である。警備隊は港湾を見下ろす山手教会を接収して砲台を設けた。聖堂内では長椅子を押し退け、半裸姿になり竹槍で銃剣術の訓練をしていた。

戸田神父は玉音放送の翌16日、保土ヶ谷教会から山手教会へ向かった。いずれ米軍が上陸すれば山手教会に進駐することは間違いない、いまのうちに山手教会から撤収したほうがよいのではないか、そう説得に行くつもりだった。だが警備隊員らは、書類の山に火をつけ、酒を浴び、冷静な説得にも食ってかかる、半狂乱に近い状態だった。

8月18日に戸田神父は暗殺されるのだが、犯人は憲兵と推測された。警備隊員の可能性もあった。しかし、戦争直後の混乱期で事件の真相は究明されずに終わっている。『封印された殉教』のタイトルでカトリック系の雑誌(『福音と社会』カトリック社会問題研究所)に、70年前の戸田神父射殺事件の背景を丹念に調べた成果を発表していた元毎日新聞記者佐々木宏人氏によると、戸田神父はローマ法王ピオ十二世に「連合国が受諾可能」とする日本の和平提案を送ると予告する書簡をこの年の4月に出しているという。

大磯の吉田茂邸に憲兵隊が来たのは4月15日だから、ほぼ同時期にあたる。CIAの公開文書によると、コードネーム・ベセル（VESSEL）と呼ばれるバチカンに潜入中のCIAスパイからの報告に戸田神父が登場する。

「戸田帯刀は、戦争の平和的解決についてこれに関係する軍国主義者の非妥協的な動きを克服できる現在が、最上の時期と信じている。彼はこのため連合国が受諾可能と考えうる条件を可能な限り早期に聖座（法王）に送ることを約束している」

CIA文書をなぞると、戸田が送った書簡が4月6日にバチカンに着き、ベセルと名乗るスパイがこの情報をバチカンの内部から入手し、ローマ駐在の諜報員から国務省へ、4月11日に「トップシークレット（機密指定）」のスタンプが押されルーズベルト大統領へ届けられたと判明する。

このCIA文書はあくまでもベセルというスパイの報告であり、和平工作の内容も明らかでなく、「戸田帯刀は日本の皇族の一員であり、天皇とも関係をもっている」などの記述もあり、必ずしも信憑性が高いとはいえないようだ。

戸田神父は横浜教区長として赴任する前、札幌教区長だった昭和17年3月、日米開戦から4カ月ほどだが、雪の固まった路上で特高警察に呼び止められ、そのまま札幌署に連行された。司祭仲間との内輪の会話で「米英を相手に戦争したらどうなるのかわからない」と発言したことが「軍刑法99条違反・造言飛語罪」にあたるとされた。結局、裁判で無罪となり釈放されたが、内輪の会話まで監視されていたのはバチカンという外部との情報網に特高や憲兵が敏感であったからだろう。

また無罪になったのも、バチカンと大日本帝国の微妙な関係の表れでもあった。開戦後、日本はフィリピンを占領したが、カトリック系住民を占領政策に協力させるため、日本人神父を派遣している。バチカンもまたカトリック信者を保護するために日本との関係を保っておきたいと考えた。

戸田神父が逮捕されると、バチカン日本駐在使節の大司教パウロ・マレラは「全世界のカトリック教徒は恒久的平和をもたらすために行われている日本の大東亜戦争完遂に進んで協力するでしょう」と新聞にコメントを寄せている。戸田が無罪放免となった背景にはこうしたコメント、バチカン側の暗黙の要請があったのである。

二〇一四年に公開された「昭和天皇実録」では、日米開戦の直前に、昭和天皇自身がバチカンとのパイプを通じて日米開戦を避ける手立てはないのかとすがる思いであったことが一行だけ記されている。ここにもバチカン側との微妙な関係が伏流水のように地下を流れていた様子が見える。

1941年（昭和16年）10月18日、東條内閣が成立するが、昭和天皇は「9月6日の御前会議の白紙還元」を前提にしていた。9月6日の御前会議で日米開戦は実質的に決まったのだが、急先鋒の東條陸軍大臣に「白紙還元」の十字架を背負わせて首相にする。昭和天皇は「虎穴に入らずんば虎児を得ずということだな」と側近の木戸幸一内大臣に言った。

10月23日に内閣と軍部の合同会議として大本営政府連絡会議が開催され、日米開戦の検討に入った。連日連夜の会議の末、東條は軍部に押し切られ、日米開戦は避けられない、という結論に至った。その報告が「実録」の11月2日の項に記載されている。

昭和天皇に上奏したのは、政府を代表して東條首相、軍部を代表して杉山元（陸軍）参謀総長と永野修身（海軍）軍令部総長の三人だった。

期待した結論ではない。昭和天皇としては如何ともしがたい。そこで「開戦の大義名分は？」と東條首相に質した。すると東條首相は「目下、研究中でありまして、いずれ奏上致します」と答えた。大義名分をいまさら研究中では答えにならない。

その直後、唐突に「（昭和天皇が）ローマ法王を通じた時局収拾の検討を御提案になる」という文章が記載されている。伏線はあった。東條を首相に任命する数日前の10月13日、木戸内大臣に「戦争終結の場合の手段を初めより充分考察し置くの要あるべく、それはローマ法皇庁との使節交換等親善関係につき方策を樹つるの要あるべし」（『木戸幸一日記』）と述べている。

開戦後も、バチカンを通じた講和ができないかとの期待があった。『昭和天皇独白録』に「ローマ法皇庁と連絡ある事が、戦の終結に於て好都合なるべき事、又世界の情報蒐集の上にも便宜あること（略）東條に公使派遣方を要望した次第である（昭和17年4月、特命全権公使原田健着任）」と記述がある。

昭和天皇は皇太子時代に欧州各国を歴訪したが、最後にイタリアでローマ法王に会っている。皇族周辺にはキリスト教関係者が少なくなかった。

いずれにしろ戸田神父が憲兵の監視下にあり、バチカンを通じて終戦工作に関わっているのではないかと疑いの眼で見られていたのは間違いない。

戸田帯刀は1898年（明治31年）山梨県に生まれた。甲州盆地の端の山裾の寒村で育ち、15歳で上京して深川でうどん屋を営む従兄弟の家に転がり込む。開成中学へ進学したが、カトリックの信者だった従兄弟の勧めで本所教会へ通ううちに神父を目指すようになった。

戸田家は貧しく、戸田帯刀の9歳上の兄壽晴はすでにカナダへ出稼ぎ移民として渡っており、太平洋岸のバンクーバーから300キロほど内陸に入った湖畔でリンゴ、ナシ、アンズなどの果樹農場を経営するところまで順調だった。

戸田帯刀はローマのウルバノ大学に5年間も留学したが、この兄壽晴の援助も大きい。ウルバノ大学留学の帰途、帯刀はカナダに立ち寄り兄壽晴一家に洗礼を授けている。だが1937年（昭和12年）に兄壽晴は、トラックから木材の荷下ろしをしている最中に、落ちてきた木材の下敷きになった。働き盛りの48歳、突然の事故死であり、妻ツギと一男三女が残された。翌年、一家は帰国して、東京・小石川区(現・文京区)の関口教会で主任司祭をしていた戸田神父を頼った。ツギは電話交換手の資格を取り関口教会でその仕事に就いた。関口教会は敷地が広く、大聖堂や信徒会館や幼稚園、会議室や司祭の宿泊所などがあり、一家は構内に住むことができた。

関口教会は、丹下健三設計の東京カテドラル聖マリア大聖堂として知られているが、当時はゴチック風の木造建築だった。旧聖堂は昭和20年5月25日の大空襲で全焼している。すでに述べたが、その後、戸田帯刀は札幌教区長、横浜教区長として教団内の地位が上がっていき、昭和20年8月18日に暗殺された。

カナダから引き揚げた兄壽晴の一男三女のうちの「一男」とは、1932年(昭和7年)生まれの戸田壽一である。葉山で終戦を迎えた飯田亮と二人で日本最初の警備会社を立ち上げることになるが、このとき13歳の戸田少年の終戦の記憶は、母親ツギが着のみ着のまま関口教会の神父たちと暗殺された戸田帯刀の死体を確認するため、保土ヶ谷教会へ行く迎えの車に連れ去られるように乗り込むシーンだった。車がどこへ向かうのかわからず、暗い不安感が込み上げ、戸田少年は夢中でひたすら走り去る車を追いかけた。

第四章　反発

進駐軍への嫌悪

東京都心は見渡す限り焼野原だった。廃材で建てられたバラックがポツンポツンと立っている。小屋ともいえない粗末な囲いにすぎない。

　中学生になった飯田亮少年が、兄に連れられて日本橋馬喰町の岡永商店のあった場所へ行ってみると、ジャンパーを着た初老の男が破れうちわでバタバタと七輪の火を熾こしている。数年前まで大店の主人として大勢の従業員に指図していた父親のあまりにも憔悴（しょうすい）した姿に胸を衝かれた。

焼跡を不法に占拠して勝手に縄を張って闇物資を置いて商売をする者もいる無法地帯だった。戦時中は町内会で5軒や10軒ほどの単位で構成する隣組が、行政の上意下達の末端機構に位置づけられていた。食糧などの物資の配給、防空演習など住民が自主的に助け合うための戦争協力体制である。その隣組も焼跡のなかで雲散霧消していた。

岡永商店は焼失している。しかし建物が存在していなくても、不法占拠を防ぐためここが岡永商店であると主張していなければならない、七輪の火を熾しながら。

原爆被災後の広島についてのこんな証言もあるが、焦土化した都市のあちこちで見られた切ない姿である。

「被爆直後においては、全く犯罪の発生をみなかった。20歳ぐらいの青年が腕時計をしたまま死んでいた。その横を何十人何百人もの被災者が通るが、誰一人として青年から腕時計を奪うものはいない。ところが三日、四日と過ぎると次第に様子が変わってきた。路傍に横たわる焼死者の身体につけている腕時計、懐中時計、金銀のくさり、メタル、女子の指輪、加えて懐中の現金を容赦なく奪い去った。はじめそれも単に自分のものにするだけであったものが、そのうちに大規模な組織的窃盗団があらわれ、横流しするようになった。増大した犯罪は、単に金属の窃取にとどまらず、その形態はあらゆる面に及ぶに至った。人びとは戦時用の防空壕に起居した。そしてその防空壕の奪い合いが始まった」（樫田忠美『犯罪と捜査』）

湘南海岸へ戻ってみると、相模湾の水平線を溢れんばかり、米艦隊が埋めつくしていた。終戦から数日後である。浜で遊んでいると、フリゲート艦から一隻の上陸用舟艇が降ろされ近づいてきた。アメリカ兵の姿が間近に見えた。幸い、上陸はせずくるりと引き返した。もし上陸したら殺されるのかもしれない、と強い不安感に襲われた。

8月15日から幾日も厚木飛行場は、憤激する兵士たちが自暴自棄で機関銃を撃ちまくったり、30機ほどの飛行機が転戦のため陸軍の狭山飛行場などを目指して飛び立っていくなど殺気に満ちていたのである。それも1週間ほどのことで、命令により復員が開始され、兵士たちは去っていく。

厚木飛行場に人影が薄くなると、付近の住民が凄まじい勢いで乱入し、制止もきかず蟻の大群のごとく物資を持ち出し背負い荒し回っていく。

考えてみれば、厚木飛行場は特攻隊の基地であるにもかかわらず、一度も米軍の爆撃を受けなかったのは、進駐のために必要だったからなのだ。

マッカーサーが厚木の飛行場に降り立ったのは8月30日午後2時過ぎだった。コーンパイプを口にくわえて、タラップの途中で立ち止まり、余裕を示すように左右を見渡した。空は青く、千切れ雲がやわらかい綿毛のようにふわふわと浮かんでいる。コンクリートの滑走路にかげろうが揺らめき立ちのぼっていた。空挺隊のバンドが威勢よくマーチを演奏した。200人近い報道陣がカメラを構えてタラップに駆け寄った。何ごともなかったように新しい秩序ができ上がっていく。

しばらくすると進駐軍が闊歩する風景が日常になった。湘南中学も授業が再開された。通学途上の大船駅前で米軍専用車の窓から米兵がチューインガムやビスケットを放っているところに出くわした。子どもだけでなく大人も交じって取り合っている。飯田少年は足下に飛んできた菓子を下駄で踏みつぶした。

同い歳の石原慎太郎は、憤懣やる方ない気持ちを、もう少し過激な態度で表した。

「狭い商店街の通りの真ん中を勝者たるアメリカ軍のまだ子供臭い顔をした兵隊が歩いて来るのを見ただけで、町の人たちは怖々と立ち止まり相手を避けるようにして道を開け、周りが自分たちを見て怯えているのがわかるほど連中は得意気に大手を振って歩いてきました。天邪鬼な私はそれが小癪で、私だけは他の町の人たちのようには道を開けず彼等をまったく無視して真っ直ぐ歩いていきそのまま擦れ違おうとしたら、皆が恐れて道を開ける中でこの子供一人がそうもせずに生意気なと思ったのでしょう、擦れ違いざま兵隊の一人が手にしていたアイスキャンデーでいきなり私の頬を殴ってきた。彼がしゃぶっていたアイスキャンデーは私の頬に当たっただけでそのまま崩れて飛んだが、私はそれをも無視して全く何もなかった顔でそのまま歩み去りました」（『亡国の徒に問う』）

米兵に反抗したという噂が翌日には広まり、石原は湘南中学の校長室に呼ばれ、時期が時期なので自重しろ、と説教されている。

食糧不足が深刻だった。同じ湘南中学の生徒でも、葉山や逗子や鎌倉の生徒の弁当は芋で、平塚、茅ヶ崎、寒川の生徒は銀シャリと呼ばれた白米だった。農家に縁戚があるかないかの差である。近郊の農家へ行き、着物などと米を交換してもらうのにも平身低頭だった。海辺なのでヒラメの刺身はいくらでも食べられたが醤油もワサビもないので旨くない。主食の芋とでは刺身は合わない。

父親に連れられて戦前に買っておいた栃木県の梨園に行った。梨園の周辺は農家だから米が手に入る。そんな折にしか米が食べられないので生卵をかけて食いだめした。そのうちに下痢が止まらなくなり、慢性胃腸炎と診断され、列車で新橋の胃腸病院まで通ったが、途中で気分が悪くなる。体力が落ちていたのだ。終戦の年の10月から湘南中学を休学し、翌年の4月に再び一年生からやり直すことになった。

家業の酒問屋は売るものがなかった。岡永商店が味噌や醤油の小売業を日本橋馬喰町で始めたのは1884年（明治17年）であった。父親の紋次郎の代から酒の扱いを始めて卸売業へ転じた。だが昭和16年に戦時体制のため酒類販売は自由な市場から統制経済へ、各県にひとつずつの道府県酒類販売株式会社にまとめられた。酒類は地方会社から小売組合に配給・販売される仕組みなので卸売業者の存在は宙に浮いた。酒問屋は配給会社の株券を持たされ、そこから配当をもらうかたちであった。営業権が株券に変わったことになる。

戦後になっても戦時下の統制は残った。配給会社が酒類配給公団と名称が変わった際に株券は紙屑になった。公団になっても配給制なので卸売業の出番はなかった。岡永商店は菓子や家具を販売するなど、売れるものを探すしかない、そういう状態は公団が廃止される1949年（昭和24年）までつづいた。

焼跡では闇市が立っていた。日本橋馬喰町の周辺でも闇商売で儲けて羽振りがいい人たちがいた。飯田少年が、羨ましそうな口振りで「すげぇなあ」と言ったら、紋次郎は諭すように言った。

「間違った商売はそのうちに必ずダメになる。見ていなさい」

紋次郎は、先っぽが曲がっているだけで、キセルでたばこを吸わなかったぐらい、曲がったことが嫌い、という商人道に頑固な性格だった。

湘南中学を1年生からやり直した。新入生にのちに文芸評論家として活躍する江藤淳（本名・江頭淳夫）がいた。小学校で1年休学しているので同い歳とわかった。いっしょに草野球に興じた。江頭少年は鎌倉に疎開していたので湘南中学に入学してきたのだが、3年の途中から都立第一中学（現・日比谷高校）の転入試験を受けて転校していった。

中学生は坊主頭だったが、髪を伸ばしてもよいことになった。価値観がガラガラと音をたてて崩れていく、そう感じる自分がいる。アメリカの最新情報を知りたくて逗子駅前の書店で「リーダーズ・ダイジェスト」を買って貪るように読む。すぐ売り切れるので発売日には早朝から並んだ。

昭和22年に学制改革があり、五年制だった旧制中学は新制高校になった。中学4年が高校1年、5年生が2年生にあたる。湘南高校にハワイアンバンド部ができた。飯田少年はウクレレを揺らせながらボーカルも担当した。葉山一帯でもハワイアンバンドが流行っている。ラジオから岡晴夫の「憧れのハワイ航路」が聴こえていた。

「そんなへらへら歌っているより、ラグビーをやれよ。いいぞ」

放課後、バンドの練習をしていると通りかかった教師がそう提案した。ありあまるエネルギーを弄(もてあそ)んでいるように見えたのだろう。

それから卒業するまでラグビー漬けの毎日になった。夏休みに学校で合宿をする。朝7時に起きて、15キロほど走ってから朝食、昼まで練習。昼食後は2時ごろから夕方まで練習。炎天下で走り回っても、育ち盛りだから少しも疲れない。

帰宅すると貸しヨット屋で一人乗りのヨット、ディンギーを借りて海に乗り出す。石原慎太郎、裕次郎の兄弟もディンギーを操っている。

慢性胃腸炎で休学した終戦の年は遥か彼方に去っていた。昭和27年4月、学習院大学政経学部に入学してラグビー部に入ったが、身体検査で心臓肥大と診断され、医者から「激しい運動をしたら命は保証できない。やめたほうがよい」と忠告を受けた。悶々としていると先輩から「アメリカンフットボールをやらないか」と声をかけられた。

用具は輸入品しかなく高くて買えない。ヘルメットもユニフォームも着けないで練習をした。あるとき、いつも熱心に練習を見ているアメリカ人がいるので、コーチを頼み、ついでに用具を入手する手づるはないかと訊ねると、横須賀の海兵隊と交渉してくれた。トラックで取りにいくと中古品をトラックいっぱいに積んでくれた。

1956年(昭和31年)、石原慎太郎が一橋大学時代に書いた『太陽の季節』が芥川賞を受賞して大きな話題になった年である。飯田青年は就職先をどうするか、悩んでいた。アイスクリーム屋を開業しようか、あるいはどこかの会社に入るかと考えあぐねて父親の紋次郎に相談したところ、「岡永商店で商売の基本を仕込んでやる」と言われた。飯田家は五人兄弟、亮は末っ子で兄たちは岡永商店ではたらいていた。

都立戸山高校から学習院大学へ進んだ戸田壽一は、飯田より一年先輩で野球部員だった。米国留学を志していたが母親ツギが病気で倒れ中止せざるを得なくなった。得意の英語で外資系の旅行代理店に勤めたが正式な就職でなくパートタイマーなので、時折、岡永商店で末端社員の飯田亮といっしょに倉庫の仕事を手伝った。仕事が終わると、酒を酌み交わした。幸い酒問屋なので酒はいくらでもあった。終戦から10年はまたたく間に過ぎた。日本警備保障スタートの6年前だった。

家業への抵抗、独立心

「もはや〈戦後〉ではない」という有名なフレーズは1956年（昭和31年）の経済白書に記されたもので、この時代の空気をよく表していた。

敗戦から10年の歳月が過ぎ、途中に朝鮮戦争特需もあり、貧しさは消えたわけではないが、焼跡闇市の廃墟はもう見当たらないのである。左翼による革命騒ぎも消えていた。人びとの日常性は活気に満ちている。

「戦後日本経済の回復の速やかさには誠に万人の意表外にでるものがあった。それは日本国民の勤勉な努力によって培われ、世界情勢の好都合な発展によって育まれた」（経済白書）のである。

飯田亮の父親紋次郎が営む岡永商店も、順調に復活と成長を遂げていた。

長男博が東大経済学部を卒業すると、紋次郎は官庁や企業に就職させず家業を継がせた。昭和24年までは酒類統制がつづいており、酒問屋の岡永は酒を売ることができない。博に新規に復興期に用途が増えていた建築資材としての竹製品を開発させ、その営業をまかせた。次男保が北海道大学農学部を卒業すると風船ガムなどの菓子製造を始めさせた。海軍兵学校から帰還した三男勧には漆器の卸売りを命じている。日大芸術学部を卒業した四男厚だけは身体が弱かったので岡永商店に入らず伊豆で果樹園を経営することにした。

そして五男亮が学習院大学経済学部を卒業して岡永商店に入る時期、昭和31年には社員は60人に膨らんでおり、同期の新卒入社が10人もいた。新卒社員はみな背広にネクタイの営業職だったが、亮だけは紋次郎にいきなり「倉庫番をやれ」と言われた。岡永商店での修業時代をのちに『私の履歴書』で回想している。

倉庫の入出庫係は体力的にはかなりきつい。半袖シャツに前掛け姿で、メーカーから届く大量の酒と醤油をトラックから降ろして倉庫に積み上げていく力仕事である。

当時はプラスチックではなく木箱で、一箱にビールが大瓶で2ダース、24本入っている。日本酒は一升瓶なら10本、醤油も10本入っている。肩を痛めないように前掛けを肩に撥ね上げて担ぐ。箱を積み上げていくと10段ではすまない。上のほうは放るようにして積むしかないが経験で要領をつかんでくると隙間にすぽっと入るものなのだ。

身体はラグビーやアメフトで鍛えてあったが、さすがに四斗樽には閉口した。一斗は18リッターだから72リッター、つまり72キロ、自分の体重分の重さを担ぐのは容易ではない。

浅草の雷門の近くに配達に行った際、トラックが狭い路地に入れず、小売店の場所まで100メートルほどの距離を四斗樽を担いでよろけながら歩いた。スポーツでついた筋肉だけでなく腰回りや肩のうえに新たに拡張された筋肉がついていく、その心地よさがまさった。

数えてみたら一日に木箱を1000箱も運んでいた。木箱が積み上げられた倉庫は、真夏であってもひんやりとしている。そこで昼寝をすると気持ちがよい。

夕方、旅行会社でアルバイトをしている戸田壽一がふらりと現れたりすると、「一本ぐらい、割れてもおかしくないんだよ」と、ひょいと一升瓶を取り出して、二人で一本を呑み干した。

そんな倉庫係の役目を1年間やってから、入社2年目にようやく営業に回された。酒販店の訪問はゆるりとした仕事だった。寒い日に、店の奥の部屋から「ちょっと上がれ」と声が聞こえる。おやじさんがこたつにあたっている。「まあ一杯呑んでいけ。呑まないと勘定、払わないぞ」と勝手なことを言う。つぎの店でも、そんな悠長なやりとりが繰り返された。当時の酒販店は免許制に守られていたのである。

営業に慣れてくると食料品の卸へ転じさせられた。酒販店のように訪問先が決められているわけではない。朝早くからオートバイで売り込みに走った。昼食の時間もなく、パンとソーセージを、オートバイを走らせながらかじった。

父親紋次郎は、倉庫の入出庫担当、酒販店の営業、食料品の営業と、新入りの息子の仕事のハードルを、習熟度にあわせて少しずつ上げていった。

卸売業には岡永商店のような一次問屋もあれば、二次問屋もある。一次問屋が優良小売店を囲い込んでおり、二次問屋は零細小売店が相手となり経営基盤が脆弱だった。倒産したり、夜逃げをしたり、ということがしばしばあった。そうなると売掛金を回収できない。

日本の商習慣としての掛売りは、商品の納入時に支払いが行われるとはかぎらない。集金の期日までに支払うともかぎらない。「今度、必ず払うから。もうちょっとだけ待ってくれ」と言われると、人情の機微としては次回契約分の商品を納入しないわけにはいかない。そのあたりのころあい、判断がむずかしい。

カネを貸したら、返してくれ、と言いやすい。商品を納入したら、商品の代金を貸したことになる。商品を納入すると、売掛金をもらうのは権利のはずで、返すのは義務のはずだが、そこが日本の商習慣ではあいまいなのだ。

売掛金が、たまったまま倒産されてしまうと貸し倒れになってしまう。利益の部分だけでなく、元値までが損害になる。とうとう回収不能の取引先が10件ほどになった。兄たちから「キング・オブ・貸し倒れ」と揶揄された。そのころ飯田青年は、こんな悪夢にうなされた。

二次問屋を訪ねると、店が閉まっている。ドンドンと戸を叩いた。返事がない。すると「もういないよ」という声。そこでハッと眼が醒める。

手遅れの夢である。夜逃げの前に行けばよい。倒産した卸先をいくども訪ねたが留守だった。すると、ある冬の日の早朝、父親・紋次郎に叩き起こされた。午前4時は真っ暗である。

「勘定を取りにいって来い。いま行きゃいるに決まっているじゃないか。店のカネはおまえのカネなんだ。おまえはもらう権利がある。向こうは払う義務がある。だから取ってこい。商売ってのは契約なんだ」

いわば夜襲である。商売には経験で養われた勘がものをいう。こつをつかまないと商機を逸する。

毎晩、長火鉢にどっかとあぐらをかいた紋次郎の前で、7時から9時まで、兄弟4人がコップ酒を呑みながら、2時間たっぷりと教訓話を聞かなければならない。昔話、経験談、商道徳……こういうことがあった、ああいうことがあった、こういう考え方をするんだ、ああいう考え方をするんだ……。きつい時間だったが、肥やしになった。

大晦日は恒例で、両国橋のたもとにあるシシ鍋の店で一年の納めをする。紋次郎はその席で「来年も突っ走れ」と活を入れるのだ。

岡永商店に入って6年目、30歳が間近に迫ったころ、独立心が頭をもたげてきた。このまま岡永商店にいても上に兄弟が3人いるので長幼の序を崩すわけにいかないとしたら、いつまでもうだつが上がらない。

すでに記したが仕事帰りの戸田壽一と一升瓶を空けながら起業についてブレーンストーミングをしているうちに、アリタリア航空に勤めている先輩から「日本では守衛がいたり、社員が交代で宿直したりしているが、ヨーロッパではその仕事を警備専門の会社が請け負っているんだよ」と聞いて、二人の青年は「それだ」と顔を見合わせた。

「日本ではまだ誰もやっていない」

そう考えるとゾクゾクッとした。

紋次郎に独立して商売を始めたい、と相談した。反対された。

「そんな電話帳にも載っていない商売はダメだ。うまくいくわけがない」

さらに言われた。

「言うなれば、人入れ稼業ではないか。幡随院長兵衛（ばんずいいんちょうべえ）だよ、おまえ。ダメだ！」

幡随院長兵衛は江戸時代、1600年代半ばに実在したとされる人物で、歌舞伎の「極付幡随長兵衛」で知られている。最近では2014年5月の東京・歌舞伎座の「市川團十郎一年祭」で、市川海老蔵は昼の部で歌舞伎十八番「勧進帳」を、夜の部に「極付幡随長兵衛」を演じている。人気演目である。

飯田青年が紋次郎に叱られた当時は映画全盛期でもあった。松竹が八代目松本幸四郎主演で「花の幡随院」（1959年）、東映で若山富三郎主演「旗本と幡随院男の対決」（1960年）が上映されていた。

紋次郎の勘はそれなりに的を射ていた。江戸幕府が成立してから50年ほど経ったころ、まさに戦国時代も遠のいた平和な戦後社会で高度経済成長の時代だった。

太平洋戦争の戦後では復興期に若者が愚連隊になったり、高度成長期には暴走族になったり、羽目のはずしかたにはさまざまなスタイルがあったが、このころの旗本の子息には「旗本奴（やっこ）」と呼ばれるグループがいて、異装をこらして芝居小屋に出入りし江戸市中を練り歩いた。うっかり眼をつけられると斬り捨て御免となるので、触らぬ神に祟りなし、と道を譲るほかはない。

「旗本奴」に対抗した勢力は「町奴（やっこ）」と呼ばれた。彼らは戦国の時代には武士であり、主人を失い城を失い浪人として身をやつしている。武士に復帰できる見通しが立たないと悟り、そのころ盛んになってきた公共事業の人足供給を仕切りはじめた。

「口入（くにゅう）、人足廻し、元締め」は、いわば人材派遣業である。江戸の市街へ飲料水を供給する玉川上水の工事、両国橋の修復、市街地整理など、現場は人手不足であったが、喧嘩や博打、刃傷沙汰も絶えない。そのうえで上前をはね、また監督もするし、保護もする。一種の警備業でもあった。

池波正太郎『侠客』にはそのあたりの機微が描かれている。

「暴力をふるい、悪事をはたらくのは、何も旗本奴にはかぎらない。商売の種類が多くなり、盛り場が増え、そこに人びとがあつまれば〔利権〕のあらそいが起るのは、いつの世も同様のことであって、武家の間は幕府が取りさばいてくれるけれども、町民たちの間のトラブルは、町奉行所でもいちいちあつかいきれないのが当時の様相であった」

「旗本奴」から町衆を守るという面も「町奴」にはあったようで俠客の元祖のようにも伝えられた。歌舞伎では播随院長兵衛は「旗本奴」に騙し討ちにあって殺される筋書きである。

岡永商店の紋次郎は、「警備会社を始めたい」と息子が言うので、そんな口入れ稼業は商人のやることではない、と怒ったのである。それでもやりたい、と食い下がった。

「俺に弓を引く気か。じゃあ、勘当だ」

岡永商店の真向かいの四階建てのビルのなかに住んでいたが、そこにいるわけにもいかず郊外へ引っ越すことにした。父親紋次郎と訣別したからには、助けてください、とは言わないつもりだ。

第五章　開拓

「警備業」という新しい産業

「いまの守衛で警備は充分やれている。知らない人間に、はい、そうですか、お願いしますと警備を任せるわけにはいかない」

飯田亮と戸田壽一、二人の青年によって日本警備保障（のちのセコム）がスタートしたのは1962年（昭和37年）7月7日で、早速、二人が飛び込みでセールスをかけると、どこの会社でも、ものめずらしそうに無遠慮な視線を浴びせ、冷たい言葉であしらわれた。

スタートしてみたものの新しい市場の開拓には、困難な壁が立ちはだかった。世間には宿直や守衛をアウトソーシングするという発想がない。警備業に対する認知はないのである。

もうひとつ、新規参入のハードルを高くしていたのが二人で決めた3カ月前払いの契約だった。

国際警備連盟会長のソーレンセンは、1930年代に自分の警備会社がスウェーデンの砂糖専売会社との間で3カ月前払いの契約ができてから飛躍的に発展した、その事実を教訓とするよう若い二人に伝えている。

岡永商店時代に、夜逃げや倒産で貸し倒れという苦い経験をしている。掛売りは、商品の納入時に支払ってもらうのでなく、後払い。契約観念のうすい日本の商慣習としてはあたりまえだった。

地図を購入して、テリトリーを決め、一軒ずつドアを叩いた。どこも相手にしてくれなかった。

「あなた、気は確かなの？　そんなことを言ったら誰も相手にされないよ」

「手形決済というのは慣習なんだ。あとできっと後悔する」

「前払いのカネを、持ち逃げされたらどうする」

警備業という新しい産業を理解してもらえない。

3カ月前払いも理解されない。

ふつうに考えれば、商品を納品してから、請求書を送るものだが、この場合の商品は警備でありモノではない。実際に警備することでサービスを売ったことになるが、売ってもいないときになぜ前払いなのか、と不思議に思われるのだ。

セールスで靴底をすり減らして4カ月目の10月、麴町の海外旅行会社が「巡回警備」を買ってくれた。一晩に4回巡回して月額2万4200円、3カ月前金だから7万2600円の売り上げだった。創業の年は、半年で契約はこの一件だけである。

創業してから新聞に社員募集の広告を出した。ただ社員募集ではインパクトがないので「弁護士」にならって「警務士」募集とした。このネーミングは当たった。400人もの応募があった。書類審査で30人に絞り込むと、戸田の人脈で、海外留学帰りの臨床心理学・精神病理学の少壮学者、早稲田大学の相場均助教授に立ち会ってもらいクレペリンテスト（数字の単純計算を用いた適性検査）まで実施した。さらに集団面接、個人面接をして年配者一人と若者一人、計二人を採用した。

二人のうち一人は車の免許を持っていなかった。中古のブルーバード一台しかないので戸田が明け方に契約先まで迎えに行くありさまだった。

翌年、東京五輪の前年だが、契約が少しずつ取れはじめた。セールストークの説得力が向上してきたのである。

「当社の業務は社名のとおり、安全を保障するのであるから、保険的な性格を持っている。当社の落ち度で被害が発生した場合は補償するので、前金をいただくのは当然のことである。契約料金が入金されるかどうかわからないような後払いに、前もって補償することはできない」

3カ月前金制をこう説明すると納得する顧客が出てきた。

宿直や守衛のアウトソーシングについてもコスト面から説き起こすと効果があった。

「宿直あるいは守衛の責任者からいずれ増員要求が起こるようになる。人件費コストは増える。我われはプロだから最少人員で最大の安全を確保できる。料金単価は高いが、長い目で見ると我われに任せたほうが安くつく」

たくさんの経営者に会うなかで心理的な共通点も見えてきた。

「進歩的な経営者は契約する」という言い方に反応してきた。遅れている、ではなく、進んでいる、先進的である、と思われたい。だから耳を傾ける。セールスは会話の糸口があれば、一気にフィニッシュへもっていけるのだ。

神田小川町3の4、その住所を表記した三四ビルに移転したのは昭和38年4月だった。創業から半年で契約件数1件のみ、だが年明けから契約件数が12件にまで増え、社員も8人になったところでソーレンセンに提供されたSKFビルの狭い会議室から脱出した。

六階建ての雑居ビル、エレベータで最上階まで行き、そこからさらに屋上へ出て非常階段を上ったところにある天井の低い7坪（23平方メートル）のトタン張りの部屋で、隣がエレベータの機械室だった。夏は蒸し風呂のようでトタン屋根に水をまいて暑さをしのいだ。募集広告を見てきても、踵を返してしまう者がいたので、入口に「必要を売る会社に無駄はない」と貼り紙をした。

引っ越した直後に大きな仕事が舞い込んできた。東京・晴海の国際見本市の警備だった。いまなら国際展示場という大きな建物があるのだが、当時は、東京港のコンクリートの堤防脇のただ一面の吹きさらしの野原だった。通常展示を行う際にはテントがずらりと並ぶが、自動車ショーは青空展示だった。警備詰所などあるわけがなく黄色いキャンプ用テントに寝泊まりしながら警備にあたった。雨が降るし、強風も吹く。七輪で暖をとっても寒さしのぎにはならない。警務士のなかには警棒を竹刀がわりに素振りして身体を温める者もいた。

晴海の国際見本市は、イベント期間限定の短期契約だった。社員を臨時に増やさなければならない。イベントが終わるまでに、新しい契約を取っておかないと、イベント後に人があまってしまう。

警備には常駐警備と巡回警備の二種類がある。晴海の国際見本市は、テントに寝泊まりする常駐警備であり、同時に一定の時間間隔で会場を巡回する巡回警備との組み合わせであった。

一般のオフィスや工場の契約は巡回警備である。ひとつの建物には、巡回のポイントになる重要箇所が幾つか決められており、そこに鍵がぶら下がっている。警務士は、弁当箱ほどの大きさの刻時時計を肩にかけて巡回し、決められた場所にぶら下がっている鍵、これを刻時鍵と呼ぶのだが、周辺を点検・確認してその鍵を刻時時計に差し込む。刻時時計は、鍵番号と時刻を自動的にロールの記録紙に印刷する。タイムカードに似たものと理解すればよい。

こうして建物を巡回すると、どの位置を何時何分に回ったのかという記録が残るので契約どおりに巡回していることが証明できるのである。

この刻時時計は、夜警時計とも呼ばれ19世紀から使われはじめており、日本でも明治時代には輸入されていた。ソーレンセンの警備会社でも採用したノウハウだった。ただし、顧客の建物の出入口の鍵を預かり、巡回の場所や回数を最適化する警備は、日本警備保障によってノウハウがつくられていくのである。

そうはいっても、これが警備である、というスタンダードが世間に共有されていたわけではない。

岡永商店を経営する父親紋次郎に、「幡随院長兵衛のような仕事」と誤解され非難されたが、「口入、人足廻し、元締め」のようないわば人材派遣業と見られてしまう側面はあった。

東京の労働局から「職業安定法違反」の疑いをかけられた。「警務士」は社員だが、安い時給で雇った者を、守衛の代わりに派遣しているのではないか、人材を派遣して中間搾取をしている、「労働者供給事業禁止」に抵触すると疑われたのである。警務士への指揮命令権は、契約先の企業ではなく日本警備保障にある、と契約書にも社員規則にも記されている、なぜなら契約先に雇用されているのではないのだから。人材派遣ではなく警備という業務を請け負っていると説明したが、聞き取り調査は2ヵ月に及んだ。

契約先から雇用されていないのであれば、自ら雇用している立場としては徹底して社員の質を高めなくてはいけない。飯田亮が、晴海の国際見本市の現場を見に行ったときに受付を担当している警務士が、出入りの業者から入場許可証のバッジ代と称して100円を徴収している、と耳にした。受付の机の引き出しを開けると百円玉が入っていたので、軽い気持ちだったとはいえ、詐取とみなして即刻、解雇した。スタートが肝心である。ソーレンセンに「最初にやる人のモラルのつくり方が、そのビジネスの方向を決める」と警告されていたのである。

さらに飯田や戸田が突然、予告なしに現場に現れる、というやり方をつくった。これを「巡察」と呼んだ。巡回と巡回の合間にたるみが生じないようにするためである。

巡回には、歩行を右回りにすること、利き手はつねに空けておくこと、賊に対面したときには大声で「誰何(すいか)」することなどを指示した。「誰だッ」と威嚇するだけで賊は逃げ出す。逃げられてもいいから、身の危険を避ける。警棒の使い方を指導したが、護身術は教えなかった。

飯田と戸田は警務士用の教本をつくることにした。冒頭にこう記した。

「われわれ警務士は、決して、法律を背後に背負って、人びとの前に立ちはだかるものではない。人間の弱さから罪を犯す人びと、あるいは過ちから災害をまねく人びと、これらの人びとが、取り返しのつかない過失に陥らないよう保護し、指導することである。それはわれわれ警務士が誰よりも正直であるがゆえに与えられた資格であり、使命である」

民間警備業の歴史として19世紀に起業したピンカートン探偵社について、戸田は英文の資料を読みながら説明を入れた。幡随院長兵衛とは異なる大きな視点での民警の出発点を記したのだ。

ピンカートン探偵社は世界で最初に警備のシステムをつくった。戸田は部下にこんなエピソードを語った。ピンカートン探偵社がある企業に警備の必要性を説いた。するとその企業は「あなたの会社にいた警備員をやとったが、よくなかった」と答えた。それに対してピンカートン社はこう言った。

「あたりまえだ。ピンカートンの組織の一員だからよいのであって、個人で雇い入れても意味はない。ピンカートン社の一員として警備するならばその人間について保証できます」

コナン・ドイルのシャーロック・ホームズ探偵シリーズで『恐怖の谷』という作品を読んだ読者はピンとくるだろう。探偵という用語の一般化は、警備業の創始者ピンカートンという実在の人物に端を発している……。

民間警備業の礎、ピンカートン探偵社

民間軍事会社ブラックウォーター社が2007年にイラクのバグダッドで起こした一般市民14人の殺害と18人への傷害事件は、ようやく2014年に刑事責任を問う裁判が始まった。その仔細はジェレミー・スケイヒル著『ブラックウォーター──世界最強の傭兵企業』に記されているが、ブラックウォーター社副社長は民間軍事会社の役割に言及するにあたってこう述べた。

「エイブラハム・リンカーンが就任式に臨もうとしたとき、ピンカートン社以外に自分を警護できる会社を見つけられなかったことを思い出す。ピンカートン社は、米国の新大統領を警護するという問題に対する民間セクターを使った解決策だった」

ピンカートン探偵社がかつて、19世紀にリンカーンの警護をして大統領就任直前の暗殺計画を未然に防いだ、という事実はアメリカではよく知られている。それを踏まえて、ブラックウォーター社はやや開き直りの弁明をしているのである。

探偵というとコナン・ドイルのつくったシャーロック・ホームズも、あるいは日本の江戸川乱歩の明智小五郎シリーズも、いわば謎解きによって犯人を見つける仕事として描かれている。

１８１９年生まれのピンカートンが19世紀半ばにつくった会社は、公警察の力が及ばない時代に、贋金造りや列車強盗や殺人など、無法地帯で起きる犯罪を防ぐ警備業として生まれた。智恵較べで謎を解くのではなく、工作員を派遣して潜入捜査をしたり、オトリ捜査をしたり、司法取引をしたり、のちのＦＢＩやＣＩＡの捜査手法のほとんどすべての基礎をつくったことで知られている。

リンカーン暗殺未遂事件も、暗殺グループの噂を聞き、ピンカートン社の探偵が慎重に内偵し、相手側に潜入することで秘密裏に情報を入手し、土壇場で出し抜くという方法を用いた。

シャーロック・ホームズの『恐怖の谷』には、英国ではなく米国の１８７５年の冬の風景が描かれているが、ピンカートンの時代の雰囲気がよく表されている。

「夜行列車がヴァーミッサ谷の上方にあるこのへんの中心地ヴァーミッサの町をさ

して、急傾斜をあえぎながら登っていた。ここからバートン交差点へかけて線路は下りで、ヘルムデールをすぎ、純然たる農業地のマートンへと通じている。鉄道は単線だけれど、いたるところに側線があって、石炭や鉄鉱を満載したおびただしい数の貨車が行列をしており、地下に埋蔵された豊富な資源が、アメリカ合衆国でもとりわけ人煙まれだったこの地方に、多くの荒くれ男どもを引きつけ、一種の繁栄を来していることを語っていた」

産業革命は勢いがすさまじい。ゴールドラッシュの時代、ヒト、モノ、カネが広大な風景を一変させ、欲望と無法がないまぜに荒れ狂う。

『恐怖の谷』は一部と二部に分かれて独立した作品のように書かれており、一部はホームズが相棒ワトソン博士と謎を解いていくのだが、二部は文体がハードボイルド風に転調し、ハリウッド映画のようなテンポで物語が展開する。先に引用したのはその二部の冒頭である。

この無法地帯に「中肉中背の男で、三十歳を越したばかり」の人物が潜入して荒くれ男たちの仲間、結社に加わっていくのだ。敵対する人物を平気で殺すボスは、当初は新参者を疑い、試練を課すが、しだいに信用するようになっていく。その人物がピンカートン探偵社の潜入工作員であることは読者には知らされない。

終幕に近づいたころ、探偵が潜入しているらしい、との噂があって、こんな会話が出てくる。

「なんだ、ばかなことをいうな！　ここにゃ巡査や探偵がうようよしているじゃないか。それで一度だって損害をうけたことなんかありゃしないじゃないか」

「いいや、こんどのはこの土地の探偵じゃない。なるほどこの土地の探偵なら、知れたもんだ。たいしたことはできやしない。しかしピンカートン探偵局の名は聞いているだろう？」

「そんな名は何かで読んだことがあるな」

「うそはいわないが、あいつらにねらわれたら、君だってあごを出すぜ。ここいらにいる『できたらやる』政府の連中とはことが違う。真剣でとっくんできて、どんな手段によっても、かならず目的を遂げずにはおかない。だからピンカートン探偵局のやつに、本気で向かってこられたら、われわれはまず根こそぎだね」

　舞台となる1875年は、ピンカートン社がそれなりに実績と名声を得た時期だった。ピンカートンがスコットランドから結婚したばかりの妻と無一文で新天地に渡ってきたのは23歳、1842年だった。シカゴの近くで樽製造職人として働き独立して「アラン・ピンカートン樽製作所」の看板を出して家族を養い、8人の奉公人を雇ってそこそこに暮らしが成り立った。

　中西部の田舎町では、正貨のドルに対して贋ドルが横行していた。そのために深刻な被害を受ける彼の取引先も多かった。ある日、森のなかで樽用の材木を集めているときに、贋金造りの一味を目撃した。保安官に通報して一味は逮捕されたが、それがきっかけでパートタイムで贋金造りの摘発に協力するようになる。ピンカートンは樽が売れなくて贋金でもすぐに手を出しそうなふりをして、贋金業者に近づき、贋金で支払った瞬間に現行犯逮捕するという乱暴なやり方を用いた。オトリ捜査の第一歩である（同社の歴史は久田俊夫著『ピンカートン探偵社の謎』に詳しい）。

公的な捜査組織が未成熟な世界では、てっとり早く犯人を逮捕するにはオトリ捜査は効率的なやり方だった。ピンカートンの仕事は、鉄道が敷設・延伸されていく時代であったから各地に拡がっていく。鉄道は点と線であり、町には保安官がいても出発した列車内は無防備で、待ち伏せの列車強盗には為す術もなかった。ピンカートンは鉄道警備で大きな業績を上げた。列車強盗や郵便局強盗を捕まえるためには情報収集が重要で、各地に工作員を送り込んで怪しげなグループに接近し、潜入する方法を選んだ。

列車の乗降時における乗客の数、彼らの支払金額、車掌の私的な行動について着服がないかどうかの監視のメモなど、工作員には詳細な報告書を作成させた。顧客は被害に遭う鉄道会社であり、資産家であり、ビジネスとして成り立つのである。

シャーロック・ホームズがどのように生活資金を得ていたかは謎であったとしても、

ピンカートン探偵社はこうして明確な日常業務への対価を求めることができた。

1867年には「ピンカートン探偵社の一般原理」と題するパンフレットを発行して工作員の行動範囲、規律を定めている。そのなかに「対立関係にある政党からのダブルの依頼を断る」「不確実な経費、謝礼、それに褒美といったものは受け取らない」「離婚や不倫といった女性問題は扱わない」と記されていた。

樽製造の会社から20年もすると犯罪捜査機能を備えた警備業として名を馳せ、のちにシャーロック・ホームズ作品に描かれるまでに発展するのである。

20世紀になるとピンカートン探偵社が果たしていた犯罪捜査機能は、国家機関としてのFBIに委ねられるようになった。その後の一世紀は警備業へ絞って発展していく。スウェーデンに端を発する警備会社セキュリタスに買収される時期には、つまり1999年にはピンカートン探偵社は世界20カ国に220の支店をもち、4万7000人の社員を擁する多国籍企業に成長していた。

ピンカートン探偵社は、鉄道敷設とともに拡大していく開拓時代に、管轄エリアを受け持つ公警察が対応できない空白地帯で、いわば民間警察の役割を担った。

そしていま21世紀初頭の9・11同時多発テロ事件をきっかけに、新たな需要が生まれた。オサマ・ビンラディンからIS（イスラム国）へ。国境を無視したテロ攻撃に対しては政府や軍だけでは対応できないからだ。肥大化した軍事費の削減に迫られたアメリカで、軍や警察への軍事訓練サービスの提供から始まったブラックウォーター社は、さらにイラクにおける要人警護のための武装警備員の派遣へと展開した。いまアメリカは、訓練や兵站など戦闘行為以外を民間業者に委ねる。19世紀と21世紀のアメリカが、ひとつのアナロジーとして見えてくる。需要と資金面での対応を見るかぎり、日本も似た軌跡をたどっている。

アメリカ中西部の広大な空白地帯で私警察としてピンカートン探偵社が活躍したように、あらゆる場所に公警察の監視が行き届いたわけではない。

明治維新後の北海道では公警察が存在するエリアはかぎられていた。「各地に無法者が横行し多くの開拓民を苦しめており、特に永年住み慣れた郷土を離れ遠く北辺の地に渡った開拓民にとって、その日常生活の安寧を維持するために警察は絶対に必要なもの」(『北海道警察史』)で、内務省は1881年(明治14年)に通達で「請願巡査」を認める方針を示した。具体例では江差村民が毎年800円の警察費を納めることを条件に、江差分署に巡査5人が増派されている。

栃木県の足尾銅山にあった派出所が民営銅山としての創業から30年後の1907年(明治40年)に警察署に昇格した。労働争議や足尾鉱毒事件の反対運動に対処するため、銅山を経営する古河鉱業が55人の署員のうち45人の署員の給料を負担すると決めたからである。こうした「請願巡査」制度は、各地に存在して1938年

（昭和13年）までつづいた。

北海道の寒村の人びとのふところから捻り出したわずかな資金による要請と、足尾銅山の経営者が潤沢な資金で公警察を支配下に置くための要請は、明らかに意味するところが違っていた。

作家太宰治の実家は津軽の大地主津島家であった。金木町の御殿のような家の向かいに、少年時代の大正10年、五所川原警察署の金木分署が金木警察署として新築された。建築費は公費だったが敷地は津島家が提供した。太宰治はのちのペンネームで、13歳の津島修治は「僕はなんとなく力強い感じがする」とノートに記している。

いま警察署の跡地に「小作争議に備え津島家の敷地内に警護する役割をもって配置させたとも言われている」と説明の付された案内板が立つ。

金木署は正確には請願巡査制度とは違うが、公警察とはいえ必ずしも公平ではなかった。警備には実力行使がともなっていたからだ。

幡随院長兵衛、ピンカートン探偵社、イラクの市民を殺してしまった民間軍事会社ブラックウォーター社……。

一歩間違えるとたいへんな世界が現れる。飯田と戸田は「われわれ警務士は、決して、法律を背後に背負って、人びとの前に立ちはだかるものではない」と、警務士用の教本に書いたが、日本の警備業には新たな課題が立ちはだかっていた。

第六章　五輪

東京五輪の準備と選手村警備

日本警備保障の小さなオフィスに一本の電話がかかってきた。1963年（昭和38年）の秋である。晴海の国際見本市の警備も終えて、契約も少しずつ増えていた。社員も二桁に膨らんだが経営の先行きは見えない。

「相談したいことがありますのでお越し願いたい」

四谷見附に東京五輪組織委員会の事務局があった。電話はそこからかかってきたのだ。オリンピック開催の1年前である。

「組織委員会の事務局？」

飯田亮は相棒の戸田壽一に、首を傾げてみせた。そういうものがあることも知らないし、どこにあるのかも知らない。

「とにかく行ってみよう」となった。

組織委員会の事務局は、現在の迎賓館のなかにあった。1974年（昭和49年）に改装されるまでは赤坂離宮と呼ばれていた。ヴェルサイユ宮殿風の石造りの赤坂離宮が完成したのは1909年（明治42年）だった。大正天皇の皇太子時代に東宮御所としてつくられたがほとんど使用されなかった。後の昭和天皇が病気療養中の大正天皇に代わり摂政として公務を担った際の一時期に滞在している。戦後、GHQにより宮内省が宮内庁に縮小されるのと前後して、皇室財産も整理された。赤坂離宮とその敷地は皇室財産から国有財産へ移された。その後はほとんど放置されている。一部が国会図書館に使われたこともあるが、空き家状態で内部は荒れ果てていた。屋根も傷み、白亜の外壁は風雨により汚損していた。内装もひどく、織物は褪色し、金箔は剝げていた。天井絵画も薄汚れていた。

この森閑とした壮大な空き家に場所を得たのが組織委員会事務局だった。天井がやたらに高く窓の小さい暗い部屋だった。宮殿建築なので機能性はなく、トイレもいちいち階段を下りて地下まで行くしかない。事務局はいわば裏方であり、裏方にふさわしい居場所ともいえた。

飯田と戸田はおそるおそる荘厳な宮殿の内部へ入った。薄暗い部屋に事務机が並んでいる。

「日本警備保障さんですね」

事務局総務部総務課の名刺を渡された。

「おたくが警備会社さんと聞いて、ご連絡したしだいです。晴海の国際見本市の警備をしていたそうですね」

どんな用件なのか。

「代々木の米軍住宅のワシントンハイツはご存じですね。あそこが選手村になると決まったので、これから工事に入るんです。米軍住宅の引っ越しはこれからでしてね。工事中にもし、何か事件や事故があったらたいへんなことになりますから、ぜひ力を貸していただきたい」

飯田は内心、思った。国際見本市と同じで期間限定の仕事ではないか、こういう臨時の仕事はあまり引き受けたくないな、でもぜいたくは言っていられない、常駐警備の契約はまだポツポツと増えているぐらいだから。

東京五輪の開催が決定したのは1959年（昭和34年）5月26日、ミュンヘンで開かれたIOC（国際オリンピック委員会）総会だった。メインスタジアムは神宮外苑の国立競技場、サブ会場には駒沢競技場をつくると決まったが、選手村は埼玉県の朝霞にあるキャンプドレイクの返還を前提に考えられていた。

しかし、神宮外苑のメインスタジアムから20キロも離れている。高速道路を建設することで距離の問題を解決するしかない。代々木のワシントンハイツには800

戸の米軍家族住宅があり、神宮外苑にも近いので選手村としては理想的だったが、米軍が返還に応じる可能性が低いと見られていたのである。

現在、表参道から原宿へと通じる道路は、そのまま直進すると左手に丹下健三設計の国立代々木競技場（二棟の体育館）、さらにＮＨＫが見え、右手が広大な代々木公園の森である。ワシントンハイツは、この両側に跨がっていた。白ペンキの家並みの一帯はフェンスに囲まれており、米軍基地と同様に日本人が立ち入ることは許されていない。もちろん通り抜ける道路はなかった。

終戦でＧＨＱが進駐すると、陸軍の代々木練兵場は接収され、ブルドーザーが入り、星条旗が掲揚され、かまぼこハウスが立ち並び、やがて白ペンキに緑の芝生、清潔感あふれる住宅地に整備され、たちまち〝アメリカ〟に変身した。

ワシントンハイツは選手村としての条件が揃っていた。メインスタジアムに近いという距離の問題だけでなく、欧米風の住宅は外国選手が滞在するための環境に適していた。米軍住宅の建設は日本政府の終戦処理費によってまかなわれたのである。資材不足の時代の日本人の住宅はバラックに近いもので軒と軒が接してゴミゴミしていたにもかかわらず、ここだけは別世界で広い庭に芝生があり給湯設備や上下水道が完備していた。

そのワシントンハイツが返還され、東京五輪の選手村となることが正式に決まった。東京五輪開催の約1年前、昭和38年12月10日に接収解除となっていた。東京五輪組織委員会では、事務局総務部総務課を選手村の準備の担当部署に決めている。選手村の開村期間を、1964年（昭和39年）9月15日から11月5日までの52日間として、予想人口を7500人と想定した。

ワシントンハイツの800戸のうち、先に南側の300戸の敷地が部分返還されている。300戸は取り壊され、体育館建設の工事が始まった。残りの大部分が選手村のエリアであった。オリンピックまで1年間の猶予しかない。それまでに米軍住宅を改装しなければいけない。家族4人とか5人の住宅に10人以上が入るのではそのまま使用できない。大きめの部屋に入れるベッドを2つから3つに増やすなど、こまめに改築する必要があった。

戸建てだけでなく単身者用のアパートを女子選手用に改造したり、将校用のクラブハウスを選手の交流場所に模様替えしたり、さらには食堂を3カ所、共同浴場を4カ所新設したりする。

その工事を急ピッチで進めるのだが、民間の建設会社の工事の警備に警察を頼むわけにはいかない、ということで日本警備保障に仕事の依頼が舞い込んだのである。

東京オリンピックの翌年に綜合警備保障（ALSOK）をスタートさせる村井順が、組織委員会事務次長でこの事務局を仕切っていた。日本にも警備の専門会社があるらしい、と村井が初めて耳にしたのはこの選手村の工事中の警備をどうするか、という彼にとってはまだ比較的小さな課題のなかでだった。

霞が関の省庁や東京都など役所との折衝、入場券の割り当てについての国会議員からの圧力、東京五輪の警備についての警察、消防、自衛隊との打ち合わせなど、ひとつでも手を抜くと事務処理が停滞する。村井は、てんやわんやの忙しさだった。

工事中の選手村の警備を民間の警備会社に委託する段階で、はたと気づいた。米軍側が打ち合わせをしたい、と条件をつけてきたからである。

接収解除であっても、米軍家族の引っ越しはブロックごとに行われる。早く引っ越すエリアと遅く引っ越すエリアには時差がある。ワシントンハイツには銃器を装備した米軍人とは別にガードと呼ばれた日本人警備員がじかに雇われており、撤退完了までの間、並行しながら警備の空白を埋めていくのだが、その期間、彼らと同じ水準の知識と装備などの警備レベルが求められる。

米軍キャンプのガードは、警備に関しての実戦的な訓練を受けているが、日本警備保障の警務士も米軍のガードと匹敵する訓練を求められた。敬礼ひとつとっても、警備会社に応募したばかりの素人とプロでは全然違う。「人差し指の先端が、帽子の下縁、右の目尻からわずかに上に触れるような角度。上腕部は水平、前腕部は45度の角度に傾く。手首はまっすぐにし、たなごころは下に向く」のである。敬礼は中世の騎士が兜の垂れを持ち上げてお互いの顔を見せ合い、共通の誇りを祝し合う風習に端を発している。こうした訓練を、日本人ガードが担当した。

警察出身の村井は、警備という業務は警察官の仕事であると信じて疑わなかったが、警察以外に警備のプロが存在する事実は眼からウロコだった。

吉田茂首相の時代に内閣官房調査室を立ち上げ、初代室長になりながらも政争に巻き込まれて外務省との縄張り争いで失脚を余儀なくされた村井は、事務局の暗い部屋のなかで再びマッチの炎が燃え上がるような野心の疼きを感じた。漠然としてかたちにはならないが、民間による警備、そこにやり残した使命のヒントが見つかりそうな気がしていた。

考えてみればGHQの統治時代には米軍キャンプはいたるところにあり、その警備のために復員しても職のあてがない旧日本軍の将兵がガードに雇われていたのである。日本が講和条約で独立すると進駐軍から駐留軍へ変わり、接収施設の返還が進行して日本人ガードの数も減ったが、同時にガードスクールもつくられた。当座の職探しから専門職としての技量を備えるように訓練されてきたのである。

赤坂離宮の事務局に呼ばれた飯田は、契約にあたって壁にぶつかった。

例の3カ月前払いという条件を出したからである。

組織委員会事務局では「選手村の改装工事も、みな後払いになっています」と彼らの常識を口にした。譲らないのは、前例がないからだ。

「戦争があっても、大災害が起こっても、何があっても契約は履行すると、一筆書いてくれれば前金でなくてもいいんです」と妥協案を出したが、それもできないと言う。選手村の工事は1年近くつづく、そのために新たに社員を募集しなければならない、途中で契約を解除されたら、その社員を解雇することになる、だから引き下がれないのだ。押し問答になった。

飯田は事務局の担当者の前で会社に電話した。見得を切った。

「契約が不成立に終わったから、みんなに引き揚げろと伝えてくれ」

総務課の職員が「待ってください」と慌て気味に言った。交渉をやり直して、国家事業だから特例にする、と1ヵ月前金で合意した。

村井次長は、飯田や戸田たちと総務部の細かい契約についてはタッチしていない。だが日本警備保障という会社はふだんどんな仕事をしているのか、そのシステムについて訊きたいと、村井次長は彼らを呼んだ。オリンピックの半年前、日本政府をゆるがしたあるテロ事件が村井の背中を押した。でっぷり太った達磨顔の55歳の元警察幹部と30代に入ったばかりの若い経営者がこうして初めて顔を合わせた。

ライシャワー刺傷事件が落とした影

序章で、原宿のセコム（日本警備保障）の高層ビルの最上階の大きな窓から、かつて東京五輪の選手村だった代々木公園が見えた、と書いた。82歳の飯田亮・最高顧問は窓辺で言った。

「あそこは……、僕にとって古戦場でしてね」

東京五輪の代々木選手村の警備は、日本警備保障の跳躍台となった。オリンピックの翌年に綜合警備保障（ALSOK）を創業する村井順は、東京五輪組織委員会事務次長である。

工事中の選手村警備の契約が成立してしばらくしてから、日本警備保障という会社はふだんどんな仕事をしているのか、そのシステムについて訊きたいと、村井次長は飯田を呼んだ。

原宿の高層ビルの最高顧問室で飯田は、それまでの穏やかな表情から、やや憮然とした顔で語りだした。この思い出は、あまり愉快なものではないようだ。

「村井さんに、いろいろなことを訊かれました。契約の書類のこととか、システム？　まだそんな上等なものではありませんでしたが、人をどうやって採用するかとか、教育訓練とかローテーションのようなものとか、実際に警備業をしている会社はどこにもないわけですので、こちらの経験を話すしか知る方法はありませんからね」

村井は、根掘り葉掘り訊ねた。もちろん、飯田は東京五輪後に村井が同種の新会社を立ち上げることになるとは気づいていない。村井自身もまだそこまでは考えていなかったであろう。ただ何か、企業機密を利用される微かな不安、暗い雲がふくらみ覆われるような圧迫を感じている。

1964年(昭和39年)4月14日に選手村工事の起工式が行われた。錆びた水道管を埋め直し、白い住宅に新しいペンキを塗り、芝生を手入れし、選手の数に合わせた7200のベッドを運び込み、1000人収容の大食堂を二棟新築し、郵便局や銀行支店をつくり、という作業を夏までに突貫工事でやらなければいけない。開村式は9月15日で、開幕は10月10日である。それまで残り半年もない。

村井次長が、起工式の前に若い飯田に警備のシステムについて訊ねたいと思ったのは、永田町に驚天動地の衝撃を与えた直後だったからでもある。

3月24日正午過ぎ、アメリカ大使館の建物のロビー前で、敷地に侵入した19歳の少年に、エドウィン・O・ライシャワー大使がいきなり襲われ、ナイフで右大腿部を刺された。以下は警察に残されたライシャワーの調書である。

「階段を降りて行くと、ロビーには何人か(少なくとも5、6人)人がいました。

正面のドアを通り抜けようとした時、小柄で痩せた日本人がぶつかってきました。動作が妙に荒っぽく、わざとやったように思えました。男は黄褐色の薄汚れたレインコートを着て、何だか怒っているような表情でした。見るからに狂信的というか、頭がおかしいような顔つきです。30歳くらいに見えましたが、たぶんちらっとしか見なかったせいでしょう。不審に思った私は振り返って、周囲の人に『この人は何をしているんだ?』というような意味のことを言いました。その声を聞いてか、それともぶつかった瞬間だったか（どちらかは覚えていない）、とにかく男ははっとしてこちらを見返し、目が合うと、くるりと向きを変えて突進して来るなり持っていた包丁を私の右太股に突きたてました。包丁はレインコートのポケットの中で握りしめていたのでしょう。（略）一瞬、痛みを感じなかったので、それほどの深傷(ふかで)とは思いませんでした。『捕まえろ』と怒鳴ると、館員が飛んできて男をねじ伏せました。気がつくと、血がどんどん流れていました」（3月26日）

日本政府は動揺した。戦後、外国の要人が襲われたのは初めてのことであり、しかも独立国とはいえ日本国を事実上、軍事的に支配しているアメリカを代表する人物が刺傷したわけだから、道義上においても最大限の陳謝で応えるしかない。

少し大げさにいえば、1891年（明治24年）に訪日中のロシア皇太子ニコライ・アレクサンドロヴィッチが日本刀で斬りつけられ、日本中が震撼した事件を想起させたのである。日露戦争より13年も前、日本は極東の弱小国で、大国ロシアが穏便にすませてくれるだろうかと不安に苛まれた。ロシア艦に引き籠もったニコライ皇太子に、明治天皇自らがすぐさま駆けつけて陳謝している。

ライシャワー大使は近くの虎の門病院に収容され、全治3週間と診断された。昭和天皇は病室に見舞品を送った。池田勇人首相はジョンソン大統領に書簡で遺憾の意を表明し、国家公安委員長を引責辞任させた。事件に政治的な背景がないと判明し、少年は精神鑑定の結果、心神喪失状態の犯行で責任能力がなく不起訴処分で終わっている。

ライシャワー大使が着任したのは六〇年安保騒動の動揺と昂奮が醒めやらない1961年（昭和36年）4月だった。岸信介内閣の政治の季節から池田勇人内閣の所得倍増政策へと空気は一変しはじめていたが、そこに一役買ったのが白髪で穏健な53歳の学者ライシャワーの存在だった。

ライシャワーは宣教師だった父親の布教活動のため少年時代を日本で過ごし日本語が巧みであるばかりでなく、ハーバード大学で中世日本史と中国史を研究した知日派だった。また夫人のハルは、明治の元勲松方正義の孫で、来日すると夫妻の写真が新聞紙上を飾った。ライシャワーを指名したケネディ大統領の人気とともに、安保反対の反米感情はみごとに収束していったのである。

ライシャワーは入院して輸血を受けるが「これで私の体のなかに日本人の血液が流れることになりました」との発言は、日本人の琴線に触れた。だが、この輸血がもとでのちに肝炎を患いハワイ陸軍病院に3カ月の入院を余儀なくされている。

埼玉県朝霞のキャンプドレイクに予定されていた東京五輪の選手村を、ワシントンハイツへと変更させるために動いたのはライシャワーだった。東京のど真ん中に米軍家族住宅が存在していることが反米感情につながると判断したのである。

米軍住宅から選手村へと衣替えしはじめた最中、そのライシャワーが刺されたのである。ライシャワーは備忘録をつけていたが、日常の警備に予感めいた記述を残している。

「今週は茨城へ旅行した。（略）警戒が一層厳重になったことに気がついた。私たちが乗った車両の両端に警官が立っていたし、どこへ行くにも私服警官がそばを離れなかった」（3月15日）

ライシャワーを襲ったのはテロリストではなかったが、ワシントンハイツを返還して選手村にする、とのライシャワーの考えは大筋で時代状況を見据えたものといえた。

4年前の六〇年安保騒動は6月のピーク時に国会周辺にデモ隊30万人が集まった。反米意識がいちばん盛り上がった時期である。テロが相次いだのはむしろその後であった。

岸信介首相が退陣を表明して、後継に池田勇人を指名した。首相官邸の中庭で催された新総裁就任レセプションで岸が、年配の男にいきなり登山ナイフで左大腿の後ろを刺された。犯人は65歳の戦前からの右翼活動家だった。

10月12日、日比谷公会堂で行われた自民党、社会党、民社党の三党首立会演説会で社会党委員長の浅沼稲次郎が演壇に立つと、突如、学生服の上にカーキ色のジャンパーを着た少年が駆け上がり、刃渡り35センチの日本刀で浅沼を突き刺した。浅沼はよろけながら後ろに下がり倒れた。愛国党員であった17歳の少年は東京少年鑑別所の壁に「七生報国・天皇陛下万歳」と歯磨き粉で書き殴り、シーツを裂いて首吊り自殺した。

テレビ中継で刺殺のシーンが映し出された有名な事件である。連鎖反応ではないかと思われたのは翌1961年2月1日の夜に起きた、やはり愛国党に所属していた17歳の右翼少年による刺殺事件だった。中央公論社の嶋中鵬二社長の自宅に押しかけ「中央公論に載った『風流夢譚』はけしからん」と登山ナイフで応対に出た家政婦を刺し殺し、嶋中夫人にも2ヵ月の重傷を負わせた。深沢七郎の『風流夢譚』は皇室を風刺した作品だが、三島由紀夫は絶賛している。

いずれも右翼によるテロ事件だった。左翼陣営の反米運動の盛り上がりに対する危機感、自己顕示欲に根ざしていたのかもしれない。

ライシャワー刺傷事件当日、国会は政府の責任追及の舞台となった。警察の失点といえばそうではないといえないが、そこそこに牧歌的で監視カメラもない時代、大使館の塀を乗り越える者がいて大使を襲うとは予想しにくい。

更迭される直前の国家公安委員長の早川崇は、その日の国会で「責任回避するわけじゃありませんが、大使館のホテルオークラ側は非常に塀が低うございまして、とても3メートルはない。特別の情報がありませんものですから、通常の状態でおったわけであります」と、弁解した。

もうひとつ、特殊な事情、つまり治外法権であることも強調した。

「外国大公使、特にアメリカ大使館の場合は、内部はご承知のように警察官は入れません。外に交番をアメリカ大使館には設けまして、通常の警備をいたしておるわけでありますます。特にアメリカ大使館に多数押しかけるとか治安情勢上の情報が全然ございませんでした」

オリンピック警備の責任者である村井は、こうしたやりとりが気にかかっていた。たしかに警察側の警備と治外法権の大使館内の警備は切り離されている。その隙間を埋めるものがあるはずだ、いま代々木選手村の工事の警備を任せている民間警備会社がそれにあたるのではないか。

東京五輪は1964年10月10日に開会式が開かれた。前日、激しい雨が降ったが、晴天にめぐまれた。NHKアナウンサーの北出清五郎はテレビ中継で思わず言った。

「世界中の秋晴れを全部東京に持ってきてしまったような、素晴らしい秋日和でございます」

東京五輪の開催期間中、選手村の警備は自衛隊120人、警察官104人、婦人警官31人が担当した。日本警備保障は、自転車競技場やクレー射撃場の警備を任された。大きな事件や事故は起きなかった。オーストラリアの女子水泳選手で、メルボルン、ローマ、東京と100メートル自由形3連覇を達成したドーン・フレーザーが、皇居・二重橋に掲揚されていた五輪旗を手に入れようとポールによじ登り、警察官につかまりそうになると濠に飛び込む、という事件が起きた。警察に連行されたが無罪放免となったエピソードは、平和で安全な五輪大会の微笑ましい話題として報じられた。

だが日本警備保障の飯田亮にとって、また綜合警備保障を立ち上げる村井順にとって、東京五輪後こそが勝負の秋だった。

『ザ・ガードマン』の恩恵

テレビ界には高視聴率シリーズを続けた実績がある名プロデューサーがいる。山口百恵主演の『赤い疑惑』『赤い衝撃』『赤い絆』など「赤いシリーズ」は1970年代後半かなり話題になった。三浦友和との共演が結婚へと結びついたからである。映画会社の大映にはテレビ映画制作セクションがあり、プロデューサー野添和子は、そこに所属していた。映像コンテンツ市場が、映画からテレビに移りはじめたころだった。大映が倒産すると制作会社大映テレビとして残った。野添和子の双子の妹が女優野添ひとみである。プロデューサーと女優と別の道を歩んでいるが仕事の舞台は同じテレビである。

「赤いシリーズ」より10年前、プロデューサー野添和子はまだ30代、走っている車のなかから帝国ホテルが見えた。

「ホテルの玄関にすらりとした素敵な男性が二人、すっくと立っているさまがいいのよ。背広にネクタイがまたピシッときまっていてね」

いまも鮮明に記憶しているのだ。

同乗の野添ひとみとこんな会話をしている。

「あの人、何かしら？」

「守衛さんみたいな人のようね」

「でもふつうの守衛さんとはイメージが全然違うよね。どんな人たちなのかしら」

東京五輪が成功裏に終わりかけていたころ、野添和子は、翌年4月からのドラマの新番組の企画で頭を悩ませていた。スポンサーはサントリーだった。サントリーの広告は粋でモダンで……、と思われている。番組の中身もそうでないと企画は通らない。

「彼らは何者なのか」を知るためにあらためて帝国ホテルに行って訊ねた。そこで日本警備保障という会社の存在を知った。自分の知らない間に新しい職業が生まれていることに興味を抱いた。いきなり日本警備保障に取材を申し込んでは断られるかもしれないと考え、帝国ホテルを通し面会の希望を伝えた。ビルの屋上の脇の狭いオフィスでなく、そのころすでに神田神保町の大通り沿いのビルの一室へ移転していた。見栄えが格段によくなったオフィスを野添和子が訪ねたのである。

「そこにいた二人がまた立派でタフな感じで、品もいいしねえ」

飯田亮と戸田壽一は、たしかに若い二枚目の俳優のような印象を与える。野添には新しいドラマのイメージがふくらんだ。

ちっぽけな日本警備保障が、日本を代表する一流ホテルである帝国ホテルの警備の仕事をとれたのは、オリンピック選手村の警備によって箔がついたからだった。

オリンピックは10月24日で終わる、期限付きの仕事だった。終わったとたん、100人に膨らんだ警務士の給料を払えなくなってしまう。飯田にとっての心配の種は東京五輪後にあった。

営業に駆け回ったが、新規契約に際しては「警備開始の準備が必要なため10月25日からになります」と了解をとって歩いた。

帝国ホテルのほかにデパートの有楽町そごうの契約が取れた。「いま選手村の警備をやっています」とは切り札だったが、実際に相手側がその気になって契約取得に成功したのは大会閉幕後、国民的熱狂の五輪の警備を無事に終えてからであった。

帝国ホテルの犬丸徹三社長から「ちょっと見にこないか」と電話が入った。夕方、暗くなりかけていた。

「灯りのついている部屋と消えている部屋があるが、君はこれをどう考えるか」

「ルームキーがフロントに返されているのに、灯りがついていることを、セキュリティの視点でどういうふうにとらえるか」と矢継ぎ早に質問された。的確な答えができるわけがない。77歳の犬丸社長は、若者にホテル業の奥深さをさりげなく伝えているのである。そして付け加えた。

「ホテルのセキュリティは目立たなければならない場面と、目立ってはいけない場面の両方がある。制服で警備したり、私服で警備したりするのはそのためである。

大事なことはお客様に不快感を与えてはいけないことだ」

こうして帝国ホテルの警備を始めたばかりの翌11月、野添和子が、正面玄関を私服で立哨している警務士をめざとく見つけたのである。

TBS系列で金曜夜9時30分から1時間のテレビドラマ『ザ・ガードマン』がスタートしたのは、東京五輪から半年後の1965年（昭和40年）4月である。最高視聴率40・5%を記録して1971年12月まで延べ6年9ヵ月（全350話）つづいた看板番組が誕生する。

主演の隊長の宇津井健を、藤巻潤、川津祐介、稲葉義男、中条静夫、神山繁、倉石功ら隊員が取り囲み、グループ全体が円陣を組んで視聴者を見つめ、「ザ・ガードマンとは、警備と保障を業とし、大都会に渦巻く犯罪に敢然と立ち向かう勇敢な男たちの物語である」とナレーションが入る。新しい「正義」のヒーローを、個人ではなく組織として描く、そんな力強さの演出、入口の印象が新鮮だった。

ガードマンは和製英語である。野添和子が当初に提案したタイトルは『東京用心棒』だった。3年前に黒澤明監督、三船敏郎主演の映画『用心棒』が大ヒットした。そこからタイトルが浮かんだ。企画書を見て、飯田は断った。用心棒ではやくざものドラマと誤解される可能性がある。世間に知られていない新しい職業のイメージが間違って伝えられたら、すべてが台無しになる。『ザ・ガードマン』は造語なので、よく考えると意味がわかりにくいのに耳に馴染みやすく、すとんと落ちるところがあった。

「東京パトロール社」のガードマンは身近な「正義の味方」として現れた。商店街のイベントに暴力団が介入する。

隊長（宇津井健）「ご安心ください。二度と連中に手出しさせません」

商店主の妻「でもあなた方、警察でもないのに」

隊長「警察は事件が起きてからしか動いてくれません。事件を未然に防ぐのが我われの仕事なんです。警察ほどじゃありませんが、組織と機動力も持っています。暴力団には負けやしませんよ」

都心の最新鋭設備の不動産ビルが完成、だが盗難事件が相次いで、東京パトロールに依頼がきた。

不動産社長「まだ半分程しか入っとらんのに、新規契約どころか、予約もキャンセルされる状態だ。十数億円もの大金を投じてこのありさま、そこで君のところに頼むことに決めたわけだ」

隊長「これまでの警備はどうなっていました？」

社長「総務部の警備員に任せていたが、なにせ使い古しの年寄りばかりでな。この始末だ。その点、東京パトロールは精鋭揃いで、本職だと聞いている。頼むよ」

筋書きはしだいに複雑となり深さを増し、産業社会を反映したテーマも生まれた。ある化学会社で、研究部長を中心に燃えないプラスチックの研究を進めていた。その秘密をライバル会社が盗もうとたくらみ産業スパイが送り込まれた。研究部長の妻と娘に魔の手がのび、ついには研究部長本人の誘拐計画へと進むところで「東京パトロール社」に警備が依頼され、ガードマンの活躍で危機を脱する。

『ザ・ガードマン』が当たったのは、映画の時代からテレビの時代への移行期の波にうまく乗ったからでもあった。映画人は、テレビを電気紙芝居と揶揄していた。脚本もセットも映画とは較べものにならない、いわば安普請のつくりものだった。

しかし、受像機が普及し、それまで行列ができていた映画館がさびれはじめていた。野添プロデューサーは「たとえテレビであっても、映画の主演クラスの俳優を使わなければ、視聴者はつかめない」と、隊長役に宇津井健の起用を提案しただけでなく、三島由紀夫と東大法学部同級生で売れっ子監督の増村保造にも脚本を頼んだ。梶山季之原作『黒の試走車』は産業スパイをテーマにしたベストセラーで、増村監督の映画も話題になっていた。

ガードマンの新入り役を演じた身長183センチの倉石功は、100万部の国民的雑誌『平凡』（平凡出版、現在のマガジンハウス）が募集した「ミスター平凡コンテスト」の3万8000人の応募者からグランプリに輝いて大映のニューフェースとしてデビューする。長野の高校3年生で芸事はまったくの素人だった。『ザ・ガードマン』スタートの4年前である。倉石は『高校三年生』など青春映画に出演することから俳優稼業に入ったが、まだ演技はぎこちない。

だが『ザ・ガードマン』ではアクションシーンが多く、失敗を繰り返しながら成長していく最年少隊員の役が似合っていた。それだけでなく、期待されていたのは体力だったのかもしれない。アクロバット飛行やカーチェイスなど、いち早く取り入れられていた。

「映画のような本格的な場面も多いなかで、テレビは毎週放映されるのだから、殺人的なスケジュールに追われるようになったのです」

70歳を過ぎたいまも倉石は筋肉質のスリムな体型を維持している。

「新宿に朝7時に集合して、ロケ地へ向かい、撮影終了が午前1時、それから2、3時間寝てまた7時集合だったりする。台本を三冊抱えて、28時間連続で撮影となったこともあります。何がどの回のシーンかわからなくなり、ゲストを見てわかるようなありさまでした」

ゲストには美空ひばりや江利チエミなどサプライズのスターが用意された。

物語の舞台は東京だけでなく海外ロケも入れて国際展開する。しだいにハリウッド風になっていき、ガードマンが「007シリーズ」のように敵側に潜入したり、盗聴マイクを仕掛けたり、実際の警備会社の実像とはかけ離れていった。

しかし、日本警備保障にとっては強烈な追い風であった。『ザ・ガードマン』に登場するパトロールカーは、日本警備保障が実際に使っているフクロウのマーク（夜通し眼を覚まして財貨を守る、という意味）がついていた。知名度が上がり、警備業は完全に認知されたのである。契約数はうなぎのぼりに伸びていった。

新規契約社のひとつ伊勢丹デパートの警備担当者が週刊誌にこんなコメントを寄せている。

「毎朝、警備報告書をもらうのですが、これを読むと、じつに細かいところまで眼が行き届いていることがわかる。ある階の倉庫が無施錠だったとか、何階の厨房のガス栓が閉めてなかったとか。社員の警備員では、とてもここまではできない」

だが『ザ・ガードマン』は、若い二人の経営者、飯田と戸田にとっての追い風であったが、同時に大きな向かい風をも吹き上げることになる。立ちはだかったのは吉田茂首相時代の初代内閣調査室長、村井順である。

第七章　交錯

初代内閣調査室長の思惑

東京五輪組織委員会事務次長として国家的な大行事を仕切ったと自負する村井順は、大磯の吉田茂邸を訪ね、「スウェーデンの警備会社が日本に進出してきている」と報告した。すると、吉田茂は警戒感をあらわにして「外国資本の警備会社で警備の網を張られてしまう」と答える。すでに第一章で記した。

吉田にとっても村井にとっても、中国共産党の大陸支配が、あるいは共産主義勢力を世界に拡大させようとしているソビエト連邦による脅威が、最大の関心事だった。村井が初代内閣調査室長に抜擢されたのは、国際共産主義運動という名の敵に日本が侵食されないための戦いの一環だった。

ＧＨＱによる占領政策のひとつに警察の民主化があった。特高警察などの暗い影を消し去るには、従来の警察組織を解体して米国風に市町村単位の自治体警察に細分化する必要があるとされた。刑事警察と交通警察を重視し、公安や警備が明記されていない法案が出されたのは1947年（昭和22年）で、公安一課長だった村井は必死でGHQに訴えた。

「国内で盛り上がる共産主義者による過激な行動に対処する警備警察を認めずに治安は保てない」「警備警察は国民の思想を取り締まるものではない。警備警察に情報活動が欠かせない」

　翌昭和23年7月、国家公安委員会の「規則」というかたちで警備課設置を法律の隙間に潜り込ませた。警察制度は、国警と自治体警察に分割された。村井は国警初代警備課長に就いた（講和条約締結で独立すると、警察庁と各都道府県警の現行制度に移行）。

　こうした経緯の中心にいたから、村井は初代内閣調査室長にふさわしい人物と目されたのである。だが出身官庁の警察と外務省の縄張り争いの末、謀略に巻き込まれ内調室長を更迭された。不名誉な汚名にまみれたまま戦線離脱を余儀なくされる。

　41歳で内閣調査室長になったときには、とにかく一刻も早くつくれ、という情勢のなかでは根回しも不充分だった。世間の垢、塵も芥も吸ったからだけではないがでっぷりと太った55歳の村井には、もうその轍は踏まない、との反省があった。いったい自分は何者なのかと問い直してみれば、本来は油断のならない警察官僚ではないかという自信に行き当たる。その本流を生きてきて東京五輪をつつがなく運営してきたではないか。

村井のリベンジの構想は、日本警備保障の存在を知ったことがきっかけだった。背後にスウェーデンの警備会社の存在を見透かし、その影を嗅ぎ取ったとき、噴き上がった。

ただちに警察の情報網を通じ海外の民間警備会社の実状を調べさせた。東京でアジア初のオリンピックが開かれていたころ、ニューヨーク・マンハッタン近郊のフラッシング・メドウズ・コロナ・パークで開催されていた米国史上最大の世界博覧会では、警備を全面的に引き受けたのはピンカートン社だった。警察に劣らない警備会社の装備と存在感は日本にも聞こえてきている。1000台もの装甲車を擁するブリンクス社が日本企業と提携し上陸を企てているとの情報も入った。英国のセキュリコ社はすでにシンガポール、香港にまで進出している。

「外国資本で民間警備が握られてしまったら、日本の内ふところをすっかりのぞかれてしまう。日本の企業の安全と平和は純粋に日本の資本によって守られなければならない」

村井の危機感は増幅してやまない。

「日本初の本格的な警備会社をつくらなければいけないのです。商品ならともかく警備組織が入ってくるのは、外国の軍隊や警察が知らぬ間に上陸するようなものではないか」

吉田茂にはこう励まされている。

「君は現役時代に警備警察をつくった。内閣調査室もつくった。これから民間警備会社をつくれば、それこそ三部作になるよ」

組織づくりのための緻密な作戦を立てた。日本国を実質的に運営しているのは霞が関の官僚機構と経団連などの財界を含めた護送船団である。警察や防衛庁があるとはいえ、民間警備会社は日本国を守るためにつくるのだから、護送船団の一員としての位置づけが求められる。まずは警察庁への根回し、これは古巣だからできる。

財界人はどこを押さえたらよいか。安川第五郎は、財界の長老として東京五輪組織委員会の会長に就いていた。九州の安川財閥の後継者で、内閣情報局総裁だった緒方竹虎とは福岡の修猷館中学で同級、安川電機会長のほか戦後に石炭庁長官など官職も務め、日銀政策委員にもなり、日本原子力発電の初代社長もやり、九州電力会長と、いかにもという肩書の末に東京五輪組織委員会の会長になった。実質、東京五輪を仕切ったのは村井だから、安川の信頼は得ている。

村井は安川電機を訪ねた。78歳の安川は、蝶ネクタイを締め、温厚な顔立ちである。

「これまでたくさんの会長を引き受けてきたので、五輪も終わったから、ひとつひとつ会長のポストを辞めていこうと考えているのでお断りする」

村井の突進はいったん、ていねいにかわされた。だが翌朝、「朝9時に会社に来るように」と電話がかかってきた。

「昨日、村井君があまりにも真剣な顔をしていたので気になり、昨夜ひと晩、考えてみまして、引き受けることにしました」

吉田茂から電話を入れてもらうなど策を講じたかどうかは不明である。

安川という玉(ぎょく)を奉じると、護送船団のまとまりは早かった。『ザ・ガードマン』の放送開始直後の4月20日に皇居前のパレスホテルで発起人会が開かれた。官界から、警察庁長官、防衛庁事務次官、警視総監、消防総監、財界からは、東京海上火災保険専務、三菱地所専務らが出席した。安川会長が挨拶するなど儀式を終えると、いよいよ会社設立準備に入ることになる。ここでひとつ、重要な産業が抜け落ちている。銀行である。

全国銀行協会会長は持ち回りである。このときの会長は、日本勧業銀行の中村一策頭取だった。

勧銀の頭取応接室は広かった。広いから敷居が高いのではない。銀行は慇懃無礼な独特の雰囲気をもっている。大蔵省や通産省のような官庁とは異なる警察出身で、達磨のような眼でずんぐりむっくりの体軀の村井には似合わない、やや気後れする場所であった。それでも村井は警備会社設立の趣旨を、とうとうと30分ほど説明した。

「日本の民間警備は江戸時代そのままなんですよ。昨年の都内のビル荒らしは1174件もありましたが、警備員を置いていないところが46パーセント、警備員や宿直がいても居眠りしていて巡回もしていない。おまけに泥棒に入られると金庫を開ける手伝いをさせられているんですから。どんな鍵だって20分か30分で開くし、金庫だって15分で壊せる。日本では警備員の地位が低くて、定年になってから守衛に回すようなシステムになっている。仕事に責任感が強い屈強な若者に警備をやらせるために警備会社をつくるのです。警備は専門家に任せるべきで、そのほうが自前の警備員を抱えるより経費も2、3割安くつくはずです」

いつもの調子で押して押して押しまくったので、言いすぎたかなと不安になった。

「わかりました。新時代が要求する企業だからおやりなさい。できるだけの協力をしましょう」

中村頭取は意外にあっさりと承諾した。数字を挙げて説いたことだけでなく、テレビドラマがスタートしていたタイミングもうまく合っていた。銀行は世間が認めているものを認める。銀行の「協力しましょう」には顧客になるだけでなく出資の意味合いも含まれている。そして横並びが特徴である。

中村頭取が銀行協会の理事会にはかると綜合警備保障の株主として、日本勧業銀行（現・みずほFG）、富士銀行（同）、三井銀行（現・三井住友FG）、神戸銀行

（同）、三菱銀行（現・三菱ＵＦＪＦＧ）、協和銀行（現・りそなＨＤ）、日本長期信用銀行（現・新生銀行）、日本不動産銀行（日本債券信用銀行を経て現・あおぞら銀行）が手を挙げた。さらに村井は関西経営者団体連合会長をつうじて、住友銀行（現・三井住友ＦＧ）や三和銀行（現・三菱ＵＦＪＦＧ）からも出資の約束を取り付けた。さらに日本通運や八幡製鉄（現・新日鐵住金）も加わった。

飯田亮と戸田壽一の若者がつくった日本警備保障がかすんで見えるほどの体制派の警備会社が誕生しそうだった。

「ライシャワー刺傷事件があったでしょう。日本の警察にはまずかったが、あれは民間警備会社が守衛をしていた。あんなんじゃダメなんだ」

日本警備保障とライシャワー刺傷事件はまったく関係ない。村井は昂奮していた。勇み足である。

東京五輪の閉幕から半年、１９６５年（昭和40年）７月14日、内幸町の日比谷会館で設立総会を開いた。蝶ネクタイ姿の安川会長をはじめ、一流銀行とトップ企業の幹部が役員に並ぶ異様な新種企業の出現に朝日新聞が総会だけでなく、２日後の第一回入社試験も取り上げた。半月前に募集広告を掲載していたからである。広告にはこう記されていた。

「日本における初めての本格的な警備会社です。年齢25歳～40歳まで。自衛隊・警察・消防出身者・武道スポーツ愛好者を特に歓迎」

20人の募集に４５０人が応募した。東大卒や柔道六段という強者（つわもの）もいた。ひとまず30人を採用したが顧客が殺到し、8月に第二期、9月に第三期と毎月のように採用をしなければ追いつかない。

研修も新興企業にはありえない本格的な陣容が組まれた。日本勧業銀行の一室を借り、講師には警視庁の公安部長、警備部長、東京消防庁から予防部長、指導課長らが参加した。

村井は、京橋にある警視庁PRセンターを訪ね、特別保管されている世界の警察官の制服を入念に確認した。警備員の制帽と制服は、できるだけ警察官に近いものを意識した。公警察に近い権威を帯びることで隊員の士気が上がると考えたからだ。パトロール車両の配色も警察のパトカーに似せ、上部が黒で下部を白とした。警察側が難色を示したが、デザインが違うと押し切った。公警察をも乗り越えるつもりで「いずれ催涙銃くらいは使えるようにしたいもんだがね」と豪語した。

綜合警備保障は年末には社員２００人に増えていた。平均年齢は27歳、8割が自衛隊の除隊組が占めた。内閣調査室以上のものができるかもしれない、高揚感にうなされたように村井は、毎日新聞記者にふと漏らした。

「いままでの警備員とはまったく違いますよ。いまや専門技術と組織の時代。入社後、合気道や逮捕術を徹底的にたたきこむ。いまは警備だけだが、そのうちに専門マンを要請して調査活動も始める」（昭和41年1月7日付夕刊）
『ザ・ガードマン』が始まると警備会社は15社に増えていた。警備市場は、飯田の日本警備保障と、村井の綜合警備保障という二つの超新星を中心にビッグバンのように膨張する兆しを見せていた。

労働争議、学生運動の高まり

東京五輪の翌年に発足した綜合警備保障は、1年後に社員が600人、3年後に2600人、5年後に6400人と、膨らみすぎて割れそうな風船のようだった。

東京五輪では自衛隊員として輸送・通信に携わった中村隆は、社長の村井順から呼ばれて会社創立（昭和40年7月16日）の際には、指導的な立場で参加した。

自衛隊員の経験から、警備の素人の新人たちに「気をつけッ」とまずは号令をかける。7月15日の入社試験は応募者450人から30人を採用し、その一期生の研修を担当した。ところが仕事がつぎつぎと入るので8月に二期生、9月に三期生と研修が追いつかない。現場に出かけている間に、二期生の訓練が行われていたが「気をつけッ」のスタイルが違うことに気づいた。

自衛隊では、「気をつけッ」は下げた手を握っている。ところが二期生は手を開いていた。二期生は警察出身の社員が研修を指導していた。自衛隊は米軍スタイルで、手を握っているが、警察は旧軍スタイルで手を開いているのだ。小さなことだが、統一感がない状態は危なっかしい。

一期生に採用された菊田征平は26歳だった。高校を卒業して10年、機械製作の会社に勤務し、結婚して子どももいた。それでも転職したのは、勤め先は労働組合が強く、ストライキや争議が頻発していたからだった。中学、高校と柔道に打ち込み、会社でも柔道の同好会で技を磨いて三段だった。朝日新聞に載った募集広告には、「自衛隊・警察・消防出身者、武道スポーツ愛好者を特に歓迎」とあり、自分に適していると判断した。

品川のボウリング場の警備、全日空の羽田整備工場の警備などをしていた非番の日、「すぐ集合せよ」と連絡が入った。幌付きトラックに20人ほどが乗せられた。早稲田大学では学生が、学費値上げ反対のストライキで、校舎に椅子や机を積んでバリケードを築いていた。裏門からそっと入って車を横付けして一気に撤去する段取りだったが、学生が気づいて大勢集まり、あわてて撤退した。

早大の学生運動の火の手はその後ますます拡がり、キャンパスはバリケードだらけになった。

菊田は東京の会社から転職したが、できたばかりの大阪支社の一期生として採用された25歳の上原克己は、九州出身で製薬会社の子会社に勤務していたが炭鉱閉山の余波で会社は倒産、「成長してつぶれない会社に入りたい」という一心で応募した。合格すると東京で研修が予定されているはずだった。本社に着くと、そのまま早稲田大学の地下室へ案内され、簡単な基本訓練を受けただけで、「地獄の警備が始まったのです」。

菊田征平が幌付きトラックで行ったときはまだ学生のストライキはボヤ程度だったが、上原克己が駆けつけたころは〝全焼中〟だった。

「地下室ではむしろの上に横たわる仲間、傷ついた者、うす汚れた顔、顔、悪臭。一歩外へ出ると、学生のデモ、キャンパスいっぱいに所狭しと並ぶ立て看板。これが研修の場か、だまされた、全員がそう感じた。しかし日が経つにつれ、だまされたという感情は、恵まれた家庭環境に育った学生が暴徒化していることへのつよい憤りに変わった。我われのなかには家庭の事情で進学を諦めたり、あるいは中退した者もおり、そんな仲間はとくにこの情景を悲しんだ」

村井順は回顧録『武士の商法』で、民間が〝第二機動隊〟の役割を果たしていく姿にためらいがない。これこそ目指している警備業のあり方と言わんばかりにこう述べている。

「昭和41年の春、早稲田大学で史上最大と言われた学生紛争がおこり、そんな中で大学を警備してくれと依頼されたのであった。ゲバ棒を振って暴れまわっている学生数は5000人に達しているのに、綜合警備としては東京、大阪、福岡からかき集めてもせいぜい80人しか出せない。連日のように社長自身が陣頭にたってゲバ棒学生が騒ぎ回るなかで警備を実施した。もちろん危険な警備であり、とくにバリケードを排除した時は激しい抵抗にあい、私をはじめ何人かの負傷者も出た。多勢に無勢で結局は大学本部だけを死守するという方針に戦術を縮小したのだが、とにかくゲバ棒学生が騒ぐなかで100日間を守り通すことができた」

民間警備業は、学生の暴力に対抗する暴力というかたちで、実力行使を前面に打ち出したのである。1960年代後半は学生運動と労働争議が頻発するが、それを抑え込む当局側の実力行使の戦力としての警備員の需要が高まっていた。

日本警備保障の飯田亮たちが歩んだ軌跡や、綜合警備保障の村井順が抱いた使命感とは別のところで新参の警備会社がつぎつぎと誕生していった。

飯田亮がビルの一室に日本警備保障を立ち上げたばかりのころ、産経新聞の記者が取材に訪れた。自分と同年代の若者が始めたビジネスに好奇心がくすぐられた。

「取材のときにいずれ日本人も自分の財産を自分で守らなければいけない時代がや

ってくるよ、と盛んに言うのです。また、日本も必ずや大衆中心の時代になる。そして皆がだんだん金持ちになると、人間は保守的になるものだ、警備業は絶対に必要な産業になると言い切るのです。そのときは世界でいちばん治安がよく、国民460人に一人の警察官がいる犯罪が少ない東京でしたからね。飯田さんの話を聞いたときは、正直言ってホラを吹いているな、やはり酒屋の息子だなと思いました」

ところが、テレビで『ザ・ガードマン』が放映され、飯田亮の日本警備保障だけでなく村井順の綜合警備保障も急成長しはじめると「飯田さんは先見性があるなと思った」のである。産経新聞記者を辞めた田邊龍美は国際警備という会社を横浜市に立ち上げた。

国際警備の社史『警備業　40年の闘い』には、実力行使の警備について臆面もなく記されている。

……横浜国立大学の担当者から「警備員の人数が足りません。これでは学生の追試験が実施できませんし、なんとか150人を確保してほしい」と言われたのが契機だった。いきなり人数を確保して警備員を大学に送るというのは至難の業であった。150人を確保するのは容易ではない。当時は手っ取り早く警備員に仕立てるには大学生、とくに体育会系の学生が集めやすかった。急遽、伝手を頼りに近在の大学生に募集をかけてなんとか確保できる目途がたった。

警備員に着せる制服を調達するために、警察官や消防士の払い下げの制服を専門に扱う東京の上野にある店にトラックで買い付けに行った。しかし、買い付けた制服は当時の警察官の制服そのものであり、そのまま着せるわけにはいかない。購入した制服のボタンの付け替え作業を夜を徹して行った。また、当時は身を防御するために1メートル幅のジュラルミン製の楯が必要だった。それを専門に扱う山梨の業者のところに買い付けに出かけた……。

田邊は32歳だった。神奈川県警本部の防犯課に警備事業者として届け出たのは昭和42年2月、神奈川県内で4番目の警備会社となった。

早大の学費値上げ反対のストライキから、学生運動はしだいに1960年代後半の街頭デモへと政治闘争化していった。テーマは学費値上げ反対から、ベトナム戦争反対へ移ったが、キャンパスのなかのバリケードの数はむしろ増えていった。国際警備のある神奈川県では、横浜国立大学、横浜市立大学、私立の東海大学、神奈川大学などで学生運動が盛んになっていた。

田邊のもとには、東京都内の大学や高校からも警備の依頼が殺到した。狙われるのは入学試験と卒業試験だった。土曜・日曜や祝日は要注意だった。他大学の学生が応援に駆けつけるからである。

1967年10月と11月の羽田デモは激しく、学生が一人死亡した。警備員200

0人の出動を要請された田邊は、「大学の相撲部長や応援団に頼んで800人を動員しましたが、かなり揉めて100人ぐらいのけが人を出し、ほとんどが病院に運ばれました」と述べている。

こうなると警備は専門職ではなく幡随院長兵衛のような口入れ稼業でしかない。雨後の筍（たけのこ）のごとく誕生する警備会社の底の浅さが露呈しはじめた。

横浜には、日本警備保障や綜合警備保障より古い警備業の歴史があった。国際警備が学生運動の波によって、その対抗勢力として急速なニーズをやや乱暴につかんだこの時代、海運業は大きな転換期を迎えていた。コンテナ船の登場である。

横浜の本牧埠頭には大型のコンテナ船が横付けされ、ガントリークレーンと呼ばれる巨大なクレーンが、長さ6メートルのコンテナ、12メートルのコンテナを鷲づかみにしてトレーラーの荷台に下ろす。コンテナを載せたトレーラーはつぎつぎと出発する。その作業が延々と繰り返されている。

「コンテナ船の時代には、もうかつてのワッチマンは要らなくなってしまった」

耳慣れぬ言葉を口にしたのは日本警備最古参の昭和22年生まれの福田幸一である。

アメリカンが英語発音ではメリケン（メリケン粉、メリケン波止場）と聞こえるように、監視の意味のウォッチの発音がワッチと聞こえるところから監視の警備員はワッチマンと呼ばれた。

コンテナ船が出現するまでの貨物船は、いくつものハッチ（船倉）に貨物をバラで積んでいた。荷物の移動は人海戦術で、人手と時間がかかった。その間に、タバコの火の不始末で火災が起きないようにとか、荷物が紛失や盗難に遭わないように、ハッチごとに警備員が監視していた。

ハッチの警備のほかに舷門の警備もあった。乗組員の上陸の案内、ショアパス（外国人船員が一時的に上陸する際の証明書）の受け渡し、訪船する人のチェック、通訳などの仕事もこなした。

日本警備が誕生したのは1960年で、1962年設立の飯田亮の日本警備保障より歴史が長い。福田が勤務する前から、ワッチマン会社は幾つか存在した。

「陸上の警備業がいまのように一般化する前に、すでに船の世界ではワッチマン業というひとつの業種が確立されていたんですね。GHQの時代、米国船がいろんなものを運んできました。終戦直後の東京や横浜は飢餓状態でした。アメリカを中心に各国から救援物資が送られてきた。日本国民は脱脂粉乳や家畜飼料で飢えを凌いだのです」

東京五輪の選手村になったワシントンハイツは、進駐直後にキャンプの端に残飯を棄てていたが、それを盗みに有刺鉄線をくぐり抜ける付近の住民がいたぐらい、飢えていた。

横浜港には援助物資が野積みされていた。監視が必要だった。進駐軍が去るとその役割を日本人が担った。こうしてワッチマン会社が生まれた。ワッチマン会社はコンテナ船の登場によって、ほそぼそと伝統を維持することになるが、いっぽうに口入れ稼業としての警備の新興勢力が、ガバナンスの不在に直面しはじめるのである。

急成長、不祥事頻発す

テレビドラマ『ザ・ガードマン』の人気とともに日本警備保障は警備業というものを認知させ、業界の先頭を走り急拡大するが、1966年（昭和41年）の秋、異変が起きた。ドラマが終わると、突然、緊張した顔の飯田亮の上半身が映し出された。CMではない。

「誠に申し訳ありません。信頼回復に努めます」

30秒のCMの二倍、日本警備保障が起こした不祥事について60秒間、平身低頭で謝罪した。TBS側から強い要請があったのだ。連続ドラマの先行きに暗雲が立ち込めていた。

「伊勢丹の真珠盗難　犯人はガードマン」「二人逮捕　〃勤務中〃に600万円」（読

売新聞9月30日付夕刊）

　記事はこんな具合だった。

「さる10日朝、東京・新宿の伊勢丹デパート七階の御木本真珠売り場のガラスケースが破られ、中の真珠約200点（660万円相当）が全部なくなっているのを出勤した女子店員が発見、届け出を受けた四谷署では品ぶれ手配をするとともに捜査していたが、29日夕、都下西多摩郡福生町の時計商に、この真珠を売りにきた二人組があり、怪しんだ主人の急報でかけつけた福生署員がつかまえた」

　32歳と27歳の二人は犯行後も素知らぬ顔で、日本警備保障東京支店に勤務して、伊勢丹の巡回警備をしていた。

　四谷署は当初、外部からの侵入犯ではないかとして捜査していた。だがその形跡がなく、内部説に絞った。七階の催し物会場の改装工事で電気工事や工務店関係者が夜9時まで残っていた。その疑いも晴れると警備のメンバーしか残らない。

　日本警備保障の13人が交替で勤務していた。各階に約10ヵ所、刻時時計の鍵があり印紙に記録が残っている。四谷署では、その照合をしながら所要時間を分析するなど捜査を進めたが決め手に欠けた。時計商からの急報でようやく逮捕した。

　週刊誌の取材に対して日本警備保障の総務部長は「入社後は3ヵ月の見習い期間、その後はきびしい訓練と試験制度を設けて人格を観察し、伊勢丹など非常に重要な場所には新人はやらないことにしているのですが……」と弁明したが、犯人は「まだ入社1カ月だった。結局は〝高度成長〟に追いつかない社員の質の問題ということだ」と、すっかり見抜かれてしまった。

東京五輪では100人足らずだったが、この時点で社員は800人になっていた。

飯田亮が伊勢丹窃盗事件の電話を受けたのは、まさに業務の拡張の最中だった。日本警備保障の支社づくりを各県で展開していた。地元の有力企業と組んで合弁会社をつくる方法がいちばん手っとり早い。犯人逮捕が夕刊に掲載された日、三重県四日市駅前のホテルに入り、ひと息いれていると、東京の本社から「たいへんなことが起きました」と電話がかかってきた。翌日に日本警備保障三重の設立総会が予定されていた。

すぐ名古屋支社長を呼び、「明朝、東京へ戻るから設立総会を延期してくれ」と指示した。東京駅から伊勢丹へ直行し、取締役庶務部長の部屋へ駆けつけ、「このようなことは二度と起こらないよう注意します」と詫びた。

ある銀行の支店長から「こういうことって何回かつづくもんだよ」と言われた。そのとおりになった。その後、1カ月ほどの間に5件もの窃盗事件が起きた。

銀座にある契約先に謝罪に出向いて「今後は、しっかり社員教育をします」と謝った瞬間、飯田の顔に雑誌の固い背が当たった。銀座通りに出ると、屈辱で涙が出た。もしかしたら会社がつぶれるかもしれないと思った。ガードマンがドロボー、はテレビでは漫才のネタにさえなっている。怖くてテレビも新聞も見ない日がつづいた。

社員の子どもが「おまえの父ちゃん、泥棒会社に勤めてんのか」と言われた。飯田も息子が通っている私立小学校の担任から「転校しなくていいんですか」と問われた。

5件目は金額が大きいので新聞に「とんだガードマン　600万円を盗む」（読売新聞11月1日付）と、また大きく報じられた。スーパーマーケットの警備を担当していた39歳の犯人は、過去に逮捕歴11回と判明する。職業倫理などを教え込む社員教育より以前の問題、採用試験さえもがゆるゆるになっていたのだ。

全国展開のための拠点づくりは、競合する綜合警備保障との一歩でも先を争う時間との戦いになっていた。

警察官僚の村井が率いる綜合警備保障は、名だたる銀行・証券・保険会社などが株主のオールジャパンの体制が組まれているから、瞬く間に県庁所在地の都市を占拠していく。白地図に色を塗るようなものだから、競争は先乗りしたほうが有利だった。

知名度では日本警備保障が圧倒的に上であり、綜合警備保障は後追いのハンディキャップをかかえている。

いっぽうで、「日本警備保障は外資系の会社であり、飯田亮は国際共産党の手先である」という趣旨の怪文書が流された。怪文書は大手の顧客企業を対象に撒かれており、実際に日本警備保障との契約をストップしてきたところもあった。

村井の持論は、ひとたび外国資本の警備会社のネットワークが日本列島にできてしまうと、日本の企業秘密はすべて外国に流出してしまう、そこから共産主義者が侵入してくる、だった。

怪文書は、その持論から意図的にはみ出したデマゴーグによって構成され、雑誌記事にもなった。たとえば、ライシャワー刺傷事件では、アメリカ大使館の警備は民間の警備会社がやっていたのであり、それは外資系の会社だった。その日本法人のトップは共産主義者である、と煽っている。

1960年の安保反対運動はその年に収束したが、1964年に中華人民共和国（新聞の見出しは略して「中共」、まだ「中国」ではない）が核実験に成功して共産主義の脅威は高まっていた。すでに述べたように1960年代後半にはベトナム戦争反対の学生の街頭デモが激しくなっていく。

そういうなかであたかも日本警備保障がライシャワー刺傷事件にからんでいたかのような噂とか、国際共産主義者が一枚噛んでいるなどの陰謀説は根も葉もない中傷だが、インサイドストーリーとしてはいかにも、と感じさせ信憑性が高いように思われたのである。

飯田は誰に相談してよいのか悩んだ。国際情報を配信している共同通信社の福島慎太郎社長を紹介された。

「国際共産党員と名指しされて弱っています」

「俺だってピンクと言われたことがあるんだ。おまえの歳でアカと名指しされたら光栄だと思わなきゃいけない、アカだっていいじゃないか。気にすんなよ」

江戸っ子の福島の口調はあっけらかんとしていた。そうか、この歳で叩かれるのは勲章か、とさっぱりした。地方へ行くと怪文書の影響はまったくないことも、飯田を安堵させた。

だが解決していない問題がひとつあった。「外資系」との批判である。

スウェーデンで警備会社を経営していた国際警備連盟会長のソーレンセンから、会社設立時に「(資本金400万円のうち)わたしのほうで201万円出しましょう。あなたがたは199万円でよいのですよ」と言われ、そのまま合意した。ソーレンセンの出資額は51パーセントとなり、わずか1パーセントの差でもマジョリティを握られるという意味を、若い飯田と戸田はまだよくわかっていなかった。

ソーレンセンにしてみれば、スウェーデン出資の日本現地法人が日本警備保障である。出資をしたし、ノウハウを提供した。あとは飯田と戸田が日本人を雇い、利益を出せばよい。800人も雇うまでに成長したのだから、と飯田に言った。

「郊外の住宅から会社に通うのに車で1時間もかかるのは不便だろう。ホテルオークラの隣に住んだらどうだい。役員報酬もいくらでもとっていいよ。車もベンツに乗ればいい。その代わり株を3分の2ぐらい持たせてほしい」

筆頭株主を自認するソーレンセンにしてみればあたりまえでも、飯田にとってみれば日本警備保障は自分がゼロから立ち上げた自分の会社である。「俺は雇われ者ではない」と反発心が湧き、「なに寝言を言っているんだ」と思った。企業規模も大きくなり、それなりの利益を上げているのだから、何もしていないソーレンセンには退場してもらいたい。

警備業界は新しい業界なので霞が関の監督官庁がない。当時は国内産業育成のため外資に対する規制もあった。役所の手続きがいかに煩瑣か、少しがまんして読んでいただきたい。

……当時「外資に関する法律」第11条の規定により、外国投資家が日本の法律により設立されている法人の株式を取得しようとする場合は、大蔵大臣及び主務大臣の認可を受けなければならなかったが、日本警備保障の増資に際し、同社の取締役がスウェーデン人であり、かつ株式の過半数を取得していたため、その許可が必要になった。そのため警備業について主務官庁を明確にする必要が生じ、昭和43年2月9日の警察庁庁議で主務官庁は警察庁、主務大臣は総理府の長たる内閣総理大臣であるということが確認された（杉山芳朗「警備業の展望と警察」）。

どこの官庁が警備業界を監督するのにふさわしいかといえば、警察の業務内容に類似しているから警察庁が担当するしかない。消極的な理由だった。ホンネとしては不祥事の多い警備業界を取り締まりの対象にできるのは警察庁しかないのだ。

飯田がソーレンセンから過半の株式を奪い返したい、と相談する窓口は外資法を担当していた大蔵省である。だが警備業の主務官庁が決まらないと、増資の許可ができない。二重のハードルがあったわけである。

こうして1968年（昭和43年）3月に外資法による認可申請が受理され、翌1969年1月に、日本側取得株式を過半数にして認可された。

『帝国銀行・会社要録』（帝国興信所、現・帝国データバンク）の1966年度版には資本金6000万円で株主欄には飯田亮とソーレンセンの名前が記載されている、売上高3億円。1968年度版は株主の記載は変わらず、売上高6億1000万円。1969年11月発行版は資本金3000万円、売上高39億円。2400万円増資したのだ。ここまで役員欄にソーレンセンの名前があったが1970年11月発行版では消えている。

日本警備保障の飯田は、綜合警備保障の村井による「外資」攻撃を奇貨とし、ソーレンセン追い出しをはかるが、ために3年を費やしたのである。

第八章　膨張

機械警備への転換の必然

ガードマンが泥棒をしたら、顧客は何のために警備会社と契約するのか、こんな本末転倒が起きること自体、この新しい産業はすでにメッキが剝がれ早くも腐食が始まったといえる。

もっとも警察官による殺人事件も起きている。それが確率論的に例外と認められる量ならば許容範囲に収まるが、1960年代における民警市場は急拡大の一途であり、訓練が行き届いていない警備員が増えれば、その質は劣化せざるを得ない。

飯田が応急処置的にとった方法は、日本警備保障の支社長に地元警察署長OBをスカウトしたり、研修担当の幹部に元警察官や自衛官を片っ端から採用することだった。

だがよく考えてみると、年間1000人、つぎの年には2000人と採用をつづけていけば、将来、社員数は10万人、20万人規模に膨らんでいき、管理の限界を超えてしまう。

巡回警備や常駐警備は、結局、労働集約型として収益性においても限界があることは充分に予想された。スウェーデンのソーレンセンの会社では1950年代にアラームシステムをすでに導入している。

機械警備とは、実際にどんなものか、海外の実状を知っておきたい。そのチャンスは東京五輪翌年の1965年に訪れた。

テレビドラマ『ザ・ガードマン』がスタートして注文が殺到しはじめ、社員をどんどん採用しかけた時期だった。ニューヨークで国際警備連盟の会合が開かれ、飯田と戸田はおそるおそる出席した。二人の参加資格はオブザーバーである。

指定されたニューヨークの宿泊先は、大統領や元首クラスが宿泊することで知られた1893年開業の超一流のウォルドルフ・アストリアホテルだった。ニューヨークのミッドタウンに立つ47階建てのホテルは、1931年に建築されたアール・デコ様式で風格がある。

30歳そこそこの若者二人には宿泊代が高すぎた。1ドル＝360円の固定レートでしかも超高級ホテル、一泊料金が日本警備保障の社員の1カ月の給料分なのだ。朝食はホテルの外でコーヒーとトーストですませた。

会議が終わった夜のパーティの案内状に「タキシード着用」とあり、貸衣装屋から借りた。「ノーデコレーション（勲章なしでもかまわない）」とも書いてあった。

飯田は戸田に「そんなもんあるかよ」と吐き捨てるように言った。

このあたりの自伝の記述の初々しさ、無鉄砲でありながら切ない背伸び感がよい。ニューヨークへ行くだけでもたいへんな時代で、ソーレンセン以外、見ず知らずの白人ばかりの国際会議に出席するだけでも臆するだろう。

外国の警備会社で採用していたアラームは、売り切り方式だった。

機械を買ってもらうとなると、セールスのための営業活動が求められる。それだけでもたいへんだが、機械を売ってしまってから、もしセンサーに不具合が生じたら取り替えなければならない。顧客の支払いが遅れたら、その間、機械警備システムに空白が生じる。レンタルならばその心配はない。

顧客としては、機械を買わなくてもレンタル料が常駐警備や巡回警備の料金とほぼ同じならば機械警備に切り換えてもよい、と思うだろう。

飯田と戸田は、国際警備連盟の会合に出席する以前に、機械警備システムの研究を重ねていた。その概念図にもとづいて八王子の芝電気（現・日立国際電気）へ出向いて試作品の製作にとりかかってもらった。

「契約先で退社する際に機械をセットする。異常をキャッチしたセンサーからの信号を機械が受けると同時に、電話回線を使って我われの管制センターに届くようにする。契約先は出社すると、機械を解除する」

センサーは日本にないのでアメリカから輸入するしかない。センサーからの信号を電話回線で送るコントローラーとダイヤラーの設計図ができたというのでワクワクしながら出向いたら、製作見積もりが一契約先あたり80万円と、予想していたより一桁多い。エンジニアの通弊で完璧なものをつくろうとする。専用回線が切られたら、どこの箇所が切られたのかすぐにわかるとか、こういうこともできる、ああいうこともできるとスペックを詰めすぎている。

シンプルな構造にするよう話し合った結果、80万円が8万円になったので、ぎりぎり採算ラインのイメージはつかめそうだった。

ウォルドルフ・アストリアホテルで開かれていた国際警備連盟の会議で発言を求められた。

「機械警備を導入するつもりだが、レンタル方式でやろうと思っている」

すると出席者がいっせいに声を出して笑った。

「あなたは若いからそんなことを言うが、レンタルにしたら機械を買う資金をどうするつもりなのかね」

一瞬、言葉に詰まった。あまりにも簡単にレンタル構想が否定され、愕然として帰国した。

毎月どれくらい、機械警備のサービスが売れるか。機械の購入にかかる資金はどのくらい必要になるか。試算を繰り返してみたが、いつまで経っても資金不足となってしまう。契約料金を高くして計算しても採算が合わない。

だがまてよ、と閃いた。機械を貸すわけだから、何かあったときのために保証金をもらうのは当然ではないか。故障したら取り替えるのだから。修理もこちらの責任でやるのだから。機械購入費より低い価格の保証金を設定した。

さらにレンタルのメリットは、機械設備が償却資産になることだった。売り切りだと一時的に利益が計上され資金繰りは楽になるかもしれない。だがレンタルだと機械の償却が終われば、契約がつづくかぎり利益が上乗せされて、つぎの投資ができる。その間に新規の契約が取れれば、売り上げが積み重なっていく。

機械アラームの管制センターは、契約先が100件でも500件でも1000件でも同じ人員で対応できるから、契約件数が増えれば増えるほど、一人当たりの生産性は上がっていき、コストは低減する。

思わぬところに壁があった。オフィスや工場の出入口や窓などにセンサーが取り付けられるが、そのセンサーが異常を感知すると、信号は電話回線（専用回線）を通して管制センターに送られる。

日本電信電話公社（現・NTT）から電話回線の使用許可を得る必要があった。だが、大手町の電電公社の窓口で、回線使用の申し込み手続きを訊ねると、それは駄目ですよと、にべもなく断られた。こう説明された。

公衆電気通信法第64条では、専用線を借りたものが他人の通信を媒介することや、他人に回線を使用させることを禁じている。ただし、同一企業同士、たとえば本店と支店と営業所、あるいは完全子会社との間なら構わない、というのである。

電話回線が使用できなければ機械警備は成り立たない。週に二度、三度と通って、粘った。担当課長は、規則の一点張りで、首を縦に振らない。押し問答になってしまう。

窮余の策として、契約先企業と賃貸契約を結び、間借りした部屋に機械を設置して、あたかも同一企業であるかのように装うことまで考えた。

粘っては思案し、思案しては粘っていると、「電電公社では、権限を持っているのはむしろ係長だ」という情報を小耳にはさんだ。

相手を代えて、係長と一から折衝し直すことにした。係長は融通を心得ていた。ある日、「使うにもたいした回線数にはならないでしょうね」と訊くので「10件とかそんなものです」と調子を合わせていい加減に相槌を打った。「それなら問題ないでしょう」と答えた。

64条の例外として、「電電公社が公共の利益のために必要であり、業務遂行上支障がないと認めたとき」とあり、これを適用してくれた。

こうしてようやく日本初の機械警備システム「SP（Security Patrol）アラーム」が発売された。

さてどこが契約してくれるのか。日本警備保障を急追する綜合警備保障は、全銀協にはたらきかけた結果、主要な都市銀行がこぞって出資した。銀行の警備をすることで信用を得て、大手企業をつぎつぎと落としていく作戦が見えていた。

だが都市銀行は出資しても必ずしも顧客になるとはかぎらない。保守的な業界だった。銀行の警備は常駐警備と巡回警備だけでなく、現金輸送の業務も重要な柱であった。

そこで綜合警備保障は、銀行の総本山である日本銀行をターゲットに交渉を始めて、創業から半年後の1965年12月、ついに喰らいついた。銀行のシンボルを獲得すれば、都市銀行は一網打尽にできると考えた作戦だった。だが日銀から、こう条件をつけられた。

「ニューヨークの連邦準備銀行でも、ロンドンのイングランド銀行でも、世界の中央銀行はみな自営警備である。日銀がたとえ一部なりとはいえ、警備を外注していることなど、絶対パンフレットに印刷してはならない」

パンフレットには載せなくても、ささやくことはできる。こうして翌年2月には富士銀行との契約が成立した。都市銀行は、ほとんど綜合警備保障にもっていかれようとしていた。

飯田と戸田は、目標を定めた。

「機械警備システムで都市銀行に攻め込もう」

銀行の契約が取れれば、他の銀行への波及効果があるし、銀行で機械警備が有効となれば、一般企業も信用するだろう。

たまたま三菱銀行東池袋支店に強盗が入り、行員が大けがを負わされる事件が起きた。銀行はあたまの固い本店を狙うよりも、支店ごとに契約をとっていったほうが早い。東池袋支店長に営業をかけると、支店長が本店を説得してくれた。支店長と本店の部長から、SPアラームが実際に作動しているところを見たい、と求められた。

そこで日本警備保障のオフィスを管制センターとして制御器を設置し、飯田の実家の岡永商店に機械をセットした。センサーを取り付けた岡永商店の玄関を開けると、瞬時に管制センターのランプが点灯した。

支店長や部長でなく、飯田も戸田も、思わず歓声を上げた。二人とも実際にシステムが稼働するところを見たのが初めてだったからだ。

三菱銀行東池袋支店が「SPアラーム」の契約の第一号となった。1966年の契約件数はわずか13件、翌年は59件だった。

だが1968年の「警察庁広域重要指定108号事件」に指定された連続射殺魔事件の犯人・永山則夫逮捕によって「SPアラーム」は一躍、世間に認知されることになる。

連続射殺犯・永山則夫

銃弾が頬をかすった、どちら側でしたか。

「右の頬です」

痕がついたのですか。

「ええ、赤くね。熱い、と感じたのです。痛みはなかった。1センチずれていたら死んでいたかもしれない。危機一髪でした」

原宿のセコム本社で68歳の中谷利美に会った。10年前にセコムを退職し、いまは常駐警備専門の小さな警備会社の業務部長をやっている。小柄だが、体軀はがっしりしている。

あのころはどんな時代だったのか。そういう記憶を甦らせたいと思ったので中谷に会うことにした。SPアラームという存在の唐突感は、もう一人、会いたい人物、同世代の永山則夫にとっても同じではないか。約20年前、48歳で死刑を執行され鬼籍に入っているのでかなわぬ願いである。

事件後、小学校もろくに通っていない永山則夫が、拘置所でマルクスとエンゲルス、ルソー、ドストエフスキーなどを読みふけり、2年後に『無知の涙』を出版する。

中谷は22歳、永山は19歳だった。

1969年（昭和44年）4月7日の午前1時過ぎ、中谷はパトロールカーに乗って深夜の巡回警備中だった。巡回先は13件もあった。手際よく回らなければならない。ルートは諳んじている。途中の休憩はいつも伊勢丹の駐車場だった。道路脇で停車するよりも、空っぽの駐車場のほうがひと息入れるには好都合だった。その日、車を止めているとポケベルが鳴った。ポケベルはまだバッテリーがでかくて羊羹ぐらいの大きさだった。

すぐに管制本部にパトカーの無線で連絡すると、千駄ヶ谷の専門学校一橋スクール・オブ・ビジネスへ急行せよ、との指示だった。専門学校は原宿と代々木の中間あたり、明治通りから一本入った細い道で人通りがなく、二度も窃盗被害に遭い、SPアラームシステムを導入していたのである。窓に取り付けられていたセンサーが反応して管制本部の赤ランプが点灯した。

中谷が研修で受けた教育は、現場へ急行すると静かに通り過ぎ、少し離れて角を曲がった見えない場所に停車せよ、だった。忍び足で専門学校の入口に向かった。道路に面した部分には1メートルほどの鉄柵があった。

細長い敷地内の正面に鉄骨二階建ての事務棟、奥にプレハブの校舎があった。

敷地の端の鉄柵を乗り越えて敷地へ入った。耳を澄ますと、ロッカーをバタンバタンと開ける音が聞こえた。気持ちを落ち着かせるために、記録を残しておこうと、刻時時計のキイがある建物の裏側へ行った。キイを入れ、刻時した。通行人がいたら警察への通報を頼もうと表側へ戻った。誰も通らない、と思ったら向かいのマンションの住人が自動販売機でタバコを買おうとして出てきた。マンションの入口に赤電話が置かれている。手招きして、小声で警察への通報を頼んだ。

中谷は胸が高鳴っていた。ヘルメットに手をやり上から押さえつけ、ストラップをきつく引いた。振るとシュッと伸びる伸縮式の特殊警棒を強く握りしめ、深呼吸してから正面入口のドアを合鍵で開けた。ロビーホールの左手の受付カウンターのガラス窓が開いており、レースのカーテンが揺れ、並んでいる事務机が見える。懐中電灯で照らすと、引き出しが荒らされていた。

人が来るとは思っておらず不意をつかれた永山は、中谷がドアを開けた瞬間、死角にあたるカウンターの裏にへばりつくように伏せた。だがカウンター内を覗きかけた中谷からはうずくまった背中が見えた。警棒でつつくと同時に、一喝した。

「出てこいッ」

すっと影が動いたかと思いざま銃声、パチン、パチン、パチンと三発、一発が中谷の頬をかすった。スキー帽を深く被りグリーンのジャンパーにジーパン姿の細身の永山は、カウンターを乗り越え躍り出て、中谷に拳銃を向け、撃つぞ、と威嚇した。中谷の特殊警棒は振ると3倍の長さに伸びる。打ち下ろされる警棒に、永山はあわてて拳銃で防ごうとした。ガチッと鈍い音がした。そのとき拳銃の撃鉄が折れている。

組んず解れつの揉み合いになった。離れた瞬間に再び、中谷は警棒で、拳銃を握る永山に小手を打った。拳銃が転がった。咄嗟に拳銃を拾った永山は玄関から外へ飛び出した。

管制本部の指示で21歳の同僚、佐々木征男も駆けつけたところだった。永山は鉄柵を越えると、電柱に隠れた佐々木を撃とうとしたが、撃鉄が壊れていて弾丸は発射されなかった。中谷と佐々木は、永山を追いかけたが、路地を曲がったところで見失った。

永山が所持していた拳銃は女性の護身用に使われていた22口径で掌におさまるぐらい小さい。22口径とは0・22インチ（5・6ミリ）、弾丸の重さは1・9グラムだった。38口径や45口径の拳銃と殺傷力や命中率は較べるべくもない。射撃音も軽い。

永山がこの拳銃を手に入れたのは、そのわずか半年前だった。海辺の夕焼けが見たい、という以外にたいした目的がなく横須賀へ行った。市内をぶらぶらしてから映画館に入り西部劇『駅馬車』を観てから三笠公園の屋根のある休憩所で寝たが、寒くなったので米軍基地内に入り盗みをはたらこうとフェンスを乗り越えた。電気のついていない住宅があったので勝手口から侵入した。その家の主人である海軍一等兵曹は、フィリピン人の妻と、妻の母国へ家族旅行中だった。妻が米国滞在中に購入した護身用拳銃は、刺繍入りの白いハンカチにつつまれ、銃弾入りの小箱はソックスの中に入っていた。カフスボタン、イヤリング、ジャックナイフも盗んだ。

そこから永山による連続殺人はきわめて短い間に起きている。最初の殺人は1968年10月11日午前1時過ぎだった。拳銃を盗んで幾日も経ていない。職もなく転々と放浪していた。拳銃を盗むこと自体、行き当たりばったりだった。

東京タワーの展望台から見た東京プリンスホテルのプールと芝生がきれいだったなと記憶していたので、どんな具合にできているのかと見たくなった。東京プリンスホテルそのもの、その客たち、すべて別次元の自分の人生とは無縁の世界だった。プールサイドへ出て、芝生の上をしばらく歩き、そろそろ帰ろうかと思っていると、石段を上がってきた綜合警備保障の体格のよいガードマンに見つかり「どこへ行くんだ」と咎められた。「向こうへ」と石段を指すと、「ちょっと来い」とジャンパーの襟元を摑まれた。捕まると拳銃を持っていることが発覚する、咄嗟に内ポケットから拳銃を取り出すと二発撃った。至近距離で顔に当たった。27歳のガードマンは警棒を抜く暇もなく崩れ落ちた。懐中電灯が点灯したまま転がった。

翌日、永山は京都に向かった。あてどなく市内を歩き、映画館やパチンコ店で時間をつぶし、10月14日の夜、野宿しようと樹木が生い茂った八坂神社の境内に入って行くと、68歳の守衛に「ぼん、どこへ行くのや」と呼び止められた。「警察へ行こう」と威圧的だった。ジャックナイフの刃を開いて威嚇したが効き目なく、銃弾を発射した。胸に二発当たったはずだがびくともせず、「よさんか」と捕まえようとするので、立て続けに四発、最後にカチンと空の音がするまで顔を撃ち続けると守衛は腰を落としてしゃがみ込んだ。

10月19日に生まれ故郷の網走で自殺しようと思い、上野駅で夜行列車に乗った。函館、札幌、長万部（おしゃまんべ）、また函館へ戻った。タクシーを拾って郊外へ出たところで停車させ、料金を払うふりをして内ポケットから拳銃を取り出し、後部座席の左側ドアに背を当て、右手を伸ばし運転手の頭を狙った。顔を向けたので二発撃つとシートに崩れた。現金を奪った。

11月2日の夕方、横浜駅から普通列車で名古屋へ向かった。映画館やパチンコ店に入り名古屋城で野宿した。タクシーを拾った。「港へ」と行き先を告げると「港は何もないよ。あんた東京の人でしょ」と言われ、ドキッとした。倉庫と空き地のブロックで停車させ、頭へ四発撃つと22歳の運転手は助手席に倒れた。現金と腕時計を奪った。

東京、京都、函館、名古屋と広域での連続射殺事件に、とらえどころのない犯人像への世間の不安は膨らんでいた。「快楽殺人か」「犯人はガンマニアか」と推理が繰り広げられた。

連続射殺魔と同じ時期に世間を騒がせたのは三億円現金強奪事件だった。

12月10日、日本信託銀行国分寺支店の現金輸送車は、東芝府中工場従業員に同日午後支払い予定のボーナス3億円を積んで国分寺を出発、運転手と3人の銀行員が同乗した。府中刑務所脇に差しかかると、白バイに見せかけたオートバイが接近、「緊急連絡でこの車の下に爆薬が仕掛けられているとの情報が入ったので調べる」と命令、4人を下車させ発煙筒を焚き、「危険だから避難してください」と言い、エンジンキーがつけられたままの車に乗り走り去った。

三億円事件は警備会社による現金輸送業務の必要性が認識されるきっかけとなった。

四件の連続殺人事件後、警察は犯人の手がかりすらつかめぬまま年を越した。最後の殺人から半年後、永山が専門学校に侵入してSPアラームの警報に感知され、日本警備保障の中谷らから逃走した数時間後、現場に近い明治神宮近くの路上であっさりと逮捕されたのである。

永山が北海道網走市で生まれたのは戦後間もない時期であり、父親はリンゴ剪定職人で博打に明け暮れ、行方不明。母親の行商で8人兄妹は食いつないだ。永山は7番目、下に2歳下の四女がいた。5歳のとき母親が四女を連れて出奔、飢餓状態で一冬を暮らしている。永山は小中学校時代は転居した青森県で過ごした。15歳で集団就職列車で上京、渋谷の西村フルーツパーラーの店員となったが半年で辞めた。米穀店、クリーニング店、牛乳配達、横浜で沖仲仕、長続きしなかった。

永山と格闘した中谷は、札幌から東へ30キロほどにある長沼町の高校を出た。高校時代に剣道部にいて初段だった。隣の栗山町にリッカーミシンの支店があり、ルートセールスを3年間やった。

「そのころ札幌で博覧会があって、ガードマンの制服を見たのです。テレビで『ザ・ガードマン』が始まったころでかっこいい仕事に憧れました」

日本警備保障の札幌支社が募集中だった。中谷は東京勤務で採用となった。北海道を離れたのは修学旅行以外には経験がないので抵抗感があった。千葉県船橋市の寮に入った。二人部屋は狭い四畳半だった。永山との遭遇は入社して半年後、その寮から現場に通っていたときだった。

中谷は集団就職ではないし、永山ほど劣悪な環境で育ったわけではない。だが高度経済成長の時代の奔流により東京へ押し流されたという面では同じだった。

反社の参入、「必要悪」

「連続射殺魔ついに逮捕」の新聞記事の紙面下段の広告欄にこんな一文が載った。

「謹告　連続射殺事件犯人108号逮捕に関する事件の詳細は既報の通りですが、各方面から多数のお問い合わせ、お見舞いを頂き、厚く御礼を申し上げます。当社本部と学校とに直結されたSPアラームシステムのエレクトロニクス機構により警報が自動的に（略）幸い犯人逮捕に当たった中谷・佐々木両隊員は軽傷にとどまり……」

日本警備保障は、以後、ここぞとばかり繰り返しSPアラームの広告を載せつづけた。

連続射殺魔・永山則夫の逮捕に、SPアラームを導入した日本警備保障が大きな役割を果たした。警備業も他の産業と同じようなイノベーションによる発展が可能ということが示されたのである。

だが、依然として警備業は特別な技術がなくても人繰りさえできれば起業できるため、つぎつぎと新規参入組が現れる未成熟な業界でもあった。

警備業の主務官庁が警察庁と決まってから、業界についての調査が始まった。主務官庁とはいえ、警備業の担当部署は警察庁防犯少年課という間に合わせのような部署にすぎなかった。

防犯少年課の佐藤政善理事官により「警備保障営業をめぐる問題点」という論文が発表されたのは1971年（昭和46年）だった。

「会社総数（1970年）321社の経営者等（役員、支社長等含む）のうち、77名が犯罪前歴者であり、そのうち会社の代表者たる社長が20名（全社長の6・5パーセント）含まれている。また、経営者の中に、元暴力団構成員が4名（うち2名は社長）いる」

統計数字もたいへんな実態を説明しているが、それよりも、現実にとんでもない暴力事件が起きていた。

成田空港建設に対して反対派農民に「ガードマン乱暴」の記事では「小・中学生の少年行動隊が突っ込むと、興奮したガードマンが警棒をふるって応戦。中学生の顔をこぶしでなぐり、黒長靴でけりあげ、中学生のヘルメットの頭を警棒で殴った」（読売新聞1971年2月25日付）のである。

国会議員や県会議員にも暴行を加えた。

「強制代執行の現地指揮者に面会にきた同県選出社会党議員団（団長・加瀬完参議院議員＝国会議員2人、県会議員3人）が、公団職員とガードマンに取り囲まれ、なぐる、けるの暴行を受け、三ツ松要県議（36）が鼻や口を切ったほか、木原実代議士も両足に軽い打撲傷を負った」（同）

暴力ガードマンは水俣病への抗議運動に対しても猛威を振るった。

大阪市西区の厚生年金会館で開かれたチッソの株主総会で一株株主を場外へ押し出そうとして殴る蹴るの暴行を加えた。騒ぎを見ていただけの予備校生が頭を殴られて1週間のけがをさせられた。大阪府警警備部西署捜査本部は、東京都中央区築地の特別防衛保障へ出頭を求めたが応じなかったので強制家宅捜索に入った。

「ガードマン会社捜索」（読売新聞1971年6月1日付夕刊）によると、成田空港の反対運動に対して暴行事件を起こしたガードマンは同じ会社だった。

「特別防衛保障会社のガードマンは日体大、拓殖大のOBや学生が中心で、これまでにも警備上、何回も行き過ぎ問題を起こしている。とくに今年2月、成田空港強制収容代執行の際には、空港公団側のガードマンとして土地収用反対派の少年行動隊、社会党議員団に暴行を加えるなどし、千葉県警から警告を受けた」

週刊誌でも、特別防衛保障の50歳の社長は傷害・暴力行為・凶器準備集合罪で有罪判決を受けた犯罪前歴者、と話題にされた。「法的な規制は何もないから、極端な例では、暴力団員がアルバイトでガードマンをやることも可能」と書いている週刊誌もあった。そのぐらい、規制がない何でもありの世界という風評が広まっていた。

報知新聞が長期ストライキに入った。出版社や新聞社のストライキもめずらしくない時代だった。そこにも特別防衛保障のガードマンが現れ、暴行事件を起こした。労働組合が告発している。

「告訴状によると、ロックアウト中の会社側（報知新聞）はさる4月15日から社屋警備のため、（略）特別防衛保障株式会社からガードマンを雇っているが、27日午後7時ごろ、組合員ら20数人が同社正面玄関前で就労ピケを張ったところ、こん棒を持った約50人のガードマンと衝突、我妻さんら6人が3週間から1週間のけがをした」（読売新聞1970年5月29日付）

特別防衛保障は、学生運動、労働争議、反公害運動の反対勢力として右翼系団体の流れをくむ会社で、デモ弾圧、スト破りの尖兵としてこのころに名を馳せた。

こうした暴力行為を野放しにしていてよいのか。反社会的勢力をはびこらせてよいのか。警備先での窃盗事件もなくなったわけではない。警備業に対する規制を求める世論が高まるのは当然だった。

警備業は、本来ならば防犯などで警察業務を補完する側にいるはずだが、そうではなくて警察が警備業を取り締まる立場に回らざるを得ない。「警備業取締り強化月間」をもうけた県警本部すらあった。皮肉な事態だった。

欧米の警備業は認可制だったが、日本の警備業は認可どころか届け出の義務さえ法制化されていなかった。

雨後の筍のように簇生（そうせい）する警備会社に対して、適正な立法措置をとるべきではないかとようやく国会の場で審議が始まったのである。

規制強化を迫られた警察庁長官の後藤田正晴は、苦々しいと言わんばかりの答弁を繰り返した。

「最近のテレビ等に出ておりますようなプライベートポリスの思想、これは我が国においては認めたくないというのが私の基本的な考え方でございます」（1972年5月18日衆院地方行政委員会）

公警察が存在するのに、なぜ民警が必要なのか、と警察畑一筋で生きてきた後藤田長官は不愉快でたまらないのである。

「警備会社というものが続々と生まれてくる。それの社会的、経済的背景は、ご指摘のようにいろいろあろうかと思います。警察がやってくれないとか、あるいは警察の介入の埒外のことであるとか、あるいは手不足であるとか、あるいは依頼者の特有の理由だとか、いろいろあることは事実でございます。（略）私は、この種のものが続出をするということが好ましい状況であるとは考えないわけです。これは、言葉は必ずしも適切でないかもしれませんが、やはり必要悪といったような考え方で対処しなければならぬと考えておるわけでございます」

本来なら公警察で事足りるのに、民警はどうやら社会的なニーズにより生まれたもののようだからまったく認めないわけではない、というのが後藤田長官の消極的な認識であった。だから「必要悪」と言い切った。明らかに蔑んだもの言いである。

野党議員が労働争議に介入する警備会社の警備員の装備に問題がある、武器を持っているのではないかと写真を見せ、「あるガードマン会社の写真です。服の上からバンドをしている。左の肩から右のわき下へバンドの吊り皮をしている」と迫った。単に紛らわしい服装をしているだけで、警棒を吊るすためだろう、さすがに「拳銃なんかはとんでもない」、そこまでは酷くない、と後藤田長官は苦笑した。

こうして、1972年（昭和47年）6月、労働争議に介入して他人の権利自由の侵害や個人・団体の活動を阻害する行為などを規制の対象とする警備業法が制定された。

一般市民が財布を拾って警官と間違えて渡した警備員が着服した事例があったので警察官の制服と明らかに識別できる服装を義務づけたり、機動隊と同じ金属製の楯で危害を加えるようなことがないよう護身用具の規定などが明確にされた。開業に対しても届け出を義務化した。

また刑法を犯した者は禁固刑・懲役刑の刑期終了後、5年間は警備業務に就けない規定も設けられた。

日本警備保障が発足してわずか10年で警備業者は全国で780社、警備員は4万人に達して一大産業になりはじめていたのである。

その後、警備業法は幾度か改正されているが、民警はつねに規制の対象であり、公警察にとっては決して歓迎されざる存在だった。それが大きく変わりはじめたのは、つい10年ほど前、2004年の警備業法の改正からだった。

民警の業務は、かつてのような単純警備から大きく様変わりしていた。空港保安警備、原子力施設の防護や核燃料・危険物資運搬警備、大規模イベントの雑踏警備など安全・治安面でも多岐にわたっていた。

1996年から2002年まで7年連続で刑法犯の認知件数が急増していた。2000年の東京・世田谷の一家4人殺害のような残忍な事件も相次いだ。

犯罪件数は戦後最悪のペースで増えているにもかかわらず、検挙率は過去最低水準に落ち込んでいた。来日外国人犯罪も増加していた。アメリカで発生した9・11同時多発テロの影響も懸念され、「世界一安全な国」神話が揺らいだ。

2003年に犯罪対策閣僚会議で「犯罪に強い社会の実現のための行動計画」が決定され、翌年に警備業法が大きく改正された。思想の転換が起きたのである。

佐藤英彦警察庁長官は治安の現状に強い危機感を抱いていた。

「（治安の現状について）大きく二つある。一つは犯罪が量的に急増していること。しかも日本人が経験したことのない犯罪が全国的に相次ぎ、国民が不安を募らせている。私の直感だと、（年間に認知される）刑法犯が300万件を超すと不可逆的になり、元に戻すのは大変だ。もう一つは新しい脅威が増え、深刻化していることだ。国際組織犯罪、テロ、サイバー犯罪などはいつ起きてもおかしくない。犯罪の急増と新しい脅威が同時進行し、日本の治安は危険水域にある。去年の刑法犯は285万件だ。不可逆的になる前に手を打つ必要がある。今年は治安の分水嶺だ」（東京新聞2003年9月8日付）

警察庁は「緊急治安対策プログラム」を策定して、民間警備業を、国民の自主防犯活動を補完または代行する生活安全産業として犯罪抑止体系のなかに位置づけた。その育成と活用を明示したのである。

1972年当時、後藤田長官が「民警は必要悪」と発言して規制法をつくったが、2003年には、治安の現状に強い危機感を抱いた佐藤英彦警察庁長官は、公警察に対して民警をパートナー、必要不可欠な存在と認定したのである。

終章　光明

民間刑務所の可能性

「ここは強盗とか殺人とか、あるいは暴力団組員など、いわゆる罪名に〝強〟がつく人はいないんですよ」

山口県美祢市にある「美祢社会復帰促進センター」の小野和典センター長は、法務省入省29年目のベテラン官僚である。約10年前にこのセンターを発案して、最近、現場のトップとして赴任してきた。

刑務所であるのに名称は社会復帰促進センターと、刑務所らしさを感じさせない。刑務所特有のコンクリートの壁は見当たらず、代わりに4・5メートルのフェンスに囲まれている。外部から刑務所の内側が透けて見える。フェンスにはセンサーがあり、触れると管制センターのアラームが鳴る仕組みである。

「窃盗、覚醒剤などの薬物犯罪、詐欺などの知能犯、基本的にそれほど重くない罪で、受刑者は初犯が対象なのです。でも堀江貴文さんのような有名人はだめです。塀がなくフェンスなのでメディアの写真撮影の対象にされてしまいますからね」

瀬戸内海に面した山口宇部空港から、北西の内陸部へ向かって車で1時間、ゆるやかな丘陵を曲がりくねりながら、下関方面へ抜ける国道435号を進むと、突然、開けた芝の台地に白を基調とした建物が現れる。新設の大学キャンパスのようにも見える。

一帯は日露戦争の時代には、海軍が使用した良質の無煙炭の産地だった。閉山後、過疎地域の台地40ヘクタールを造成して「美祢テクノパーク」として企業誘致を目指したがうまくいかず、法務省が新設刑務所をつくる方針を立てたので県と市で刑務所を誘致した。

前章で記したように1990年代後半から刑法犯が急増していた。2000年度に5万人だった受刑者数は2005年度末には7万人と4割増になった。凶悪犯罪の増加だけでなく、危険運転致死罪ができたり、少年犯罪の厳罰化が進んだことも一因である。収容人員が年間3000人から4000人増加したら、1000人収容の刑務所も三つ、四つ新設しないと追いつかない。六人部屋に8人収容するなど間に合わせの増改築では限界があった。

小野センター長は、当時、法務省でかぎられた予算で刑務所を増設する研究の担当者となった。

「ぎゅうぎゅう詰めは受刑者のストレスを高めるのです。一人部屋に二人収容すると、故意に問題を起こしたりする。問題を起こすと調査のため一人部屋へ移されると知っているからです。予算にかぎりがあるので民間のノウハウを入れてコストを抑えて新設するしかないと判断しました」

刑務所建設を入札方式にした。ハードの部分だけでなく運営を含めての入札である。刑務所は行政の一部だから、そのまますべて民営化されるわけではないが、新しい入札方式では、建設費と、従来通り公務員が20年間運営した場合のコストを565億円とはじいた。これを予定価格として公募した。

セコムグループ、大林組グループ、NTT・宇部興産グループの三者の競争入札となり、セコムグループが493億円で落札した。70億円強のコスト削減を実現したわけである。

刑務所は看守と受刑者だけで成り立っているわけではない。総務部、処遇部、教育部、医務部など、宿泊施設として必要な管理部門があり、業態はホテル業に近いと考えたらよい。食事、洗濯、清掃、理容、メンテナンスなどは民間でできるので地元の雇用につながっている。法務省の職員160人に対して民間の職員200人、ほかにパート職員も雇用されている。

警備面でも中央監視システムはIT化され、民間の仕事である。受講者の教育プログラムにも最先端の情報が取り入れられる。いまどき作業所で木工をやり箪笥をつくっても仕方がない。パソコン教室のほうが社会復帰には不可欠なのである。

〝民営刑務所〟の〝所長〟は二人いる。一人は法務省の小野センター長であり、もう一人はセコムの中村吉郎部長（正式な肩書はセコム美祢セキュリティ取締役統括部長）である。法務省の管轄と民間委託されている部門とそれぞれ責任を分けているのだ。

「法務省の職員の下に民間の職員がいるのではありません。指揮命令下にあれば偽装請負と同じ構造になってしまいます。別々の仕事をしているので、両者は協働という位置づけです」

中村部長に管理棟へ案内してもらった。事務机には、公務員の刑務官とセコムの職員が坐っている。制服の違いで両者の区別ができる。

タテ3台、ヨコ4台で計12台のモニター画面が並んでいる場所で、モニター監視をしているのはセコムの職員だけだった。

「いまモニター画面に映っている黄色いジャージの部屋着の女性受刑者は、廊下を一人で歩いていますね。これを独歩と呼びます」

医務室や面会室へ行くだけでいちいち刑務官が同行する必要はない。ICタグをつけているのでモニター画面で動きをとらえることができる。万が一、逃亡をはかった場合、実力行使の権限は刑務官にあり、セコム職員が受刑者を取り押さえるわけではない。もっともこれまで一度も事件は起きていない。

収容棟に案内された。三階建てのマンションに似ている。個室の窓は昔ながらの刑務所の独房の小さい窓と違い、庭が見えて明るい。開閉もできる。ただし、開閉部分は両端にあり、それぞれ幅が12センチと狭く、物理的に人間が通り抜けられないように設計されていた。

「窓を開けられるので風が通り抜けるのです」

40ヘクタールのセンターには、保育園も併設されている。職員のほか地元にも開放されている。

こうした民営刑務所は「美祢社会復帰促進センター」のほかに2007年から2008年にかけ4ヵ所誕生し、綜合警備保障が兵庫・加古川と島根・浜田に、セコムも栃木・喜連川に開設している。

小野センター長は、民間委託により巡回警備と機械警備がスムーズに行われ、教育プログラムにより社会復帰も果たせる状態で、かつコストも抑えられた点について、「バリュー・フォー・マネー」（支出額に対して、最も価値の高い行政サービスを提供するという考え方）の知見、ノウハウを得たことは大きかったと述懐している。

これは前章に記したことだが、1972年に警備業法ができたころ、民警の実態は酷いもので厳しく規制するしかなかった。だが行政としての公警察をはじめとした国家権力の側に問題がなかったか、である。

民営刑務所をつくった動機はもうひとつ、「明るく、外部から見えるようにする、そういう透明性が求められていた」と法務省矯正局矯正課官民協働企画係の三好清凡補佐官は反省を込めて言った。

2001年に名古屋刑務所で起きた事件がきっかけだった。刑務官が受刑者一人の尻に向け、散水栓を水源とした消防用ホースで放水して傷害を負わせたのち死亡させ、新聞に大々的に取り上げられた。さらに翌年、同じ名古屋刑務所で受刑者の腹部を限界を超えるまで革手錠で締め付け、受刑者は救急車で外部の病院に移送されたが、死亡。刑務官は特別公務員暴行陵虐罪で起訴された。

法務省に対する批判はかなり厳しいものだった。刑務所のなかで何が起きているのか、という疑念を払拭しなければならなかった。

俗に「お役所仕事」とは、前例を踏襲するばかりで創意工夫がない、進化がないという意味である。対して民間は競争社会であり、イノベーションによってつねに新しい次元に自らを更新させて生き残っていく。

ＩＴの進展

安全・安心の研究はＩＴの進展とともに先へ先へと進んでいく。

東京・三鷹市にあるセコムのＳＣセンターで、ドローンの現状を視察するつもりだったが、入口のところで興味が別のところへ移ってしまった。

入口には顔認証のモニターが据え付けられていた。小松崎常夫所長に先導されてエレベータで会議室のある五階に上がった。エレベータからオフィスフロアに向かう廊下の途中に黄色の施錠されたドアがあり、その上部にこぶし大のカメラが据え付けられている。

小松崎所長が近づくと、「おつかれさまです。小松崎所長」とコンピュータ音声が発せられ、つづいて客である僕がドアを通りすぎると「いらっしゃいませ、猪瀬さま」と声が流れる。

「これはいま実験的に装備している顔認証の最新システムです。わたしを含めた従業員の場合は、人物情報が登録されているから、顔認証で判別し、ロックを自動的に解除するのです。猪瀬さんは登録されていませんが、わたしがお連れするお客さまとして事前に登録してあるので、登録されていない猪瀬さんを特定し、声をかけることができるのです」

まったく登録されていない外部からの来客者がドアの前にくると、「担当部署におつなぎします」と自動的に内線がコールされる。オフィスビルのロビーにある受付係、あるいは受付電話と同じ役割を果たす。

同じく登録していない外部者でもドアの周辺でうろうろしている場合には「滞留検知」として内部の担当者に警告を発する通報メールが外部者の写真付きで届く。

かりに登録された職員の通行で開錠されたドアに乗じて未登録の外部者が入り込んだ場合（これを「共連れ」と表現している）、「共連れ検知」でやはり警告メールが届く。

さらにドアの前で人が倒れてしまった場合、倒れた人に向けて「大丈夫ですか」と呼び掛けるとともに、担当者には「転倒検知」のメッセージが届く。

実用化はこれからだが、警護対象を多く抱える警察当局も関心を示している技術だという。

「テロ事件の直後、アメリカの空港で2時間も待たされた。靴底に爆弾があるんじゃないかとひとりひとり徹底的にボディチェックされた。安全は大事だが、もっと早く、できるだけストレスフリーで処理できないか。安全と時間短縮は矛盾するようだが、それを両立させていくのが警察とは違う民間にしかできないイノベーションが果たす役割だと思っている。今度の東京五輪でも入場者を待たせないためには先ほどの顔認証のようなシステムを導入すれば、事前に登録された者はスムーズに入場できるのではないか」

ドローンについてはすでによく知られているが、侵入者を検知すると建物の屋上に置かれた格納庫から自動的にスクランブル発進をするシステムが実用化寸前である。LEDライトで照らして撮影しながら追尾する。防衛関係の施設や港湾施設、原発（電力会社）からも問い合わせがあったという。

公警察ではこうした研究開発はできない。民警で練られたシステムをフィードバックしていくことで、安心・安全がつくられていく時代になってきているのだ。

見えないテロリスト

本書の冒頭の場面に戻ろう。ライジングサンセキュリティーサービスの八木均社長は「民間警備会社と民間軍事会社との間に線引きがあるわけではない」と述べていた。応接間には、アメリカの民間軍事会社ブラックウォーター社を訪問している写真が飾ってあった。

ソマリア沖の海賊対策として、日本船籍の船舶に日本の警備会社として初めて武装警備員を乗船させるための訓練をした。だが同席した元海上自衛隊二佐で、特殊部隊出身の伊藤祐靖氏は、「日本では需要がない」と言った。ブラックウォーター社のようにイラクで米軍の兵站業務を担うということではない。海賊対策では、海外の民間軍事会社に依頼してしまう。伊藤氏のような特殊部隊出身者の視線から国内を見渡しても、警察力では補えない盲点がいくらでもあるという。

「テロは起こり得るんです。原発は狙われたら、簡単にやられます。しかし、政府や電力会社はそういうイメージをもっていない。だから本来なら特別に訓練した警備員の需要はあるはずなのですが、現実には『需要がない』、ということです」

日本国内ではテロリストに対する実感がない。日本人が中東地域に出かけていかないかぎり、アメリカやヨーロッパのように国内でイスラム教徒のテロを受けるとは想定していないのである。

もちろん、入口である空港の警備や東京五輪の会場警備には今後、顔認証など先端システムが取り入れられるだろうし、原発の警備にドローンも活用されるだろう。安倍首相が参院予算委員会で「国際テロに対峙するためには、関係する国や組織の内部情報を収集することが死活的に重要だ」と述べ、諜報機能を高めると答弁したが、日本にはＣＩＡのようなレベルの組織はない。

初代内閣調査室長の村井順は、国際共産主義運動への警戒心、対抗心から民間警備会社に公警察の限界を打ち破る機能をもたせようと考えた。

これまでの実績を踏まえ官界人脈に食い込み、ついに在外公館へ警備員を送り込むまでになった。１９８０年代末、ベルリンの壁の崩壊により東欧諸国は大混乱に陥った。そこで綜合警備保障の職員が大使館に勤務し、身体を張って活躍していたのである。１９８９年11月にベルリンの壁が崩壊した。そのときの在外公館に勤務していた綜合警備保障の警備員の手記がある。

「ポーランドが連帯の問題で戒厳令になったときです。チェコ語とポーランド語は似ているので、大使館に泊り込んでポーランドのラジオ放送を傍受して日本語に訳すのを手伝ったり、戒厳令が解かれてすぐ、チェコからポーランドへ物資を輸送した。空港が閉鎖されていたのでロシアの汽車に乗って。夜中に車掌が鍵を開けて勝手に入ってきたり緊張しました」（チェコスロバキア　伊藤吉章）

「東欧に民主化の波が押し寄せていたころで、ルーマニアもチャウシェスクの独裁が崩壊しました。あのときは秘密警察と軍隊・市民の銃撃戦が市内に起こった。戒厳令が布かれ、大使館のなかにも銃弾が入ってくる状態。アメリカが逃げるというので在留邦人を集めていっしょに逃げることになった。大型免許を持っているのは私だけなので、日本人学校にバスを取りに行く。バスで大使館に行くまで、後ろからバスを撃つ銃声が聞こえる。わずか３００メートルの距離が遠く感じました。逃げる時は、秘密警察を殺せ、と民衆の検問がたくさんある。日本人の車とわかるようにジャポニと書き、国旗を車に描いて走った。ブルガリアへ入り、川にかかる橋の真ん中の国境を越えた瞬間、全員から拍手喝采が起こりました。革命が起こってから4日間一睡もせず私はぐったりしてしまって、眠い、でも運転できるのは私だけ」（ルーマニア　斉藤丈男）

村井は、生涯の敵であった共産主義国家が崩壊していくありさまを知ることなく、前年の1988年1月、78歳の生涯を閉じた。

だが綜合警備保障の「日本の治安維持のため」とのDNAは引き継がれている。沖縄では普天間基地の辺野古移転問題でデモ隊がキャンプシュワブ周辺に押し寄せるその様子を映したインターネットの画像で、金網越しに綜合警備保障の制服を着た警備員が見えた、と第一章に記した。

2015年2月、基地に押し寄せたデモ隊のうち2人が逮捕された。日米地位協定第3条で、米軍は基地の管理権をもつ。施設管理権には警察権も含まれ、米軍は許可なく立ち入った者を拘束できる、とされる。フェンスの内側に入った者、またはゲートの入口の黄色い線を踏み越えた者、が刑事特別法違反となる。逮捕したのは基地内の警備員である。基地内の日本人警備員は、米軍に直接雇用されていて拳銃所持も許されている。

辺野古へ行ってみた。反対派は、国道を挟んでテントを張っている。高齢者が多い。基地側のゲートの黄色い線の前にALSOKマークの綜合警備保障の警備員が二列に並んで立っている。沖縄県警のパトカーが国道を行ったり来たりしていた。位置関係としては、いちばん外側の歩道や国道に警察、つぎに綜合警備保障、黄色の線の内側に米軍雇用の日本人警備員、内部にアメリカ兵。四重の防御態勢である。夜間には警察はパトロール巡回のみで、常駐警備は綜合警備保障だけになる。

米軍雇用の日本人警備員は沖縄在住者であり、綜合警備保障の警備員は本土から来ている。沖縄人であるデモ隊と沖縄人である日本人警備員との直接の軋轢を回避させる緩衝要員の役割を果たしていた。

110番から119番へ

沖縄には厳しい現実があるが、いま日本の犯罪の認知件数は減り、凶悪犯罪も少なくなりつつあり、テロリストの影も見えない。治安はきわめてよい状態が維持されている。首相官邸の屋上にドローンが落下してから2週間も発見されないままの「平和ボケ」と皮肉られるぐらい緩んだ空気に日本列島が覆われているのだ。

綜合警備保障創業者の村井順の息子、村井温会長は最近、こんな言い方をしている。

「110番の世界から119番の世界へ」

犯罪やテロに対しての安心・安全よりも、高齢化社会における安心・安全のほうがより切迫してきているからである。

中小規模のローカル警備会社のひとつ、社員300人の京浜警備保障は横浜市内を中心エリアとして仕事をしてきた。当初は日本警備保障や綜合警備保障と同様の顧客を相手にしてきたが、しだいに状況が変わってきた。差し迫ったニーズに応えなければ業務が進められない。

55歳の京浜警備保障の岡本誠一郎社長は、学生時代に警備のアルバイトをしながら長髪スタイルでバンドを組み歌手をめざしていたが、いつの間にか見込まれて幹部社員になり、地域密着の警備一筋で生きてきた。通常の機械警備に加え横浜市住宅供給公社が運営する高齢者向け集合住宅の高齢者緊急通報システムの管理をしている。

「12時間トイレの水が流されていないと発報する生活リズムセンサーがあり、お風呂にはバスコール、トイレにはトイレコールのボタンがあり、緊急ペンダント、火災・ガス漏れ通報もついています。12時間トイレの水が流されていないので駆けつけると、泊まりがけで出かけるときに不在のボタンを押し忘れているということも。

緊急ボタンを一晩で20回も押す人がいるのは寂しいからで、翌日にヘルパーの資格をもった警備員に行かせて心のケアをする。手が届かないから湿布を貼ってくれ、と頼まれることも。AEDも警備会社がやるのかという問題もありますが、親族が出てきてそのとき母は息をしていたのですか、と問われることも考えて対応できるようにしています」

小回りの行き届いた地域密着型のサービスは、警備の範疇を超えて介護の領域へ踏み込むしかない。大手の警備会社でも、そこに気づきはじめた。

綜合警備保障は2014年につぎつぎと介護サービスの会社を買収した。高齢者のカルテにあたる個人情報を持っている介護サービス会社を買収することで、警備プラス介護による高齢者の見守りサポートで個人向けサービスの市場を拡大できると見込んでいる。セコムは早い段階から病院の買収や訪問看護サービスを始めていたが、この10月から、介護大手のツクイと提携して24時間態勢で高齢者見守りサービスを始めた。介護サービスの会社は、デイサービスや訪問介護をするが夜間のサービスができなかった。緊急通報用の端末を配布し、高齢者から通報してもらうことで警備員が駆けつけ安否確認をする。状態を確認して119番通報するし、AEDで心肺蘇生もする。防犯用のホームセキュリティの2割程度、低価格の料金設定にして高齢者のニーズに適うようにした。

京浜警備保障などローカルな世界では警備のカテゴリーを超えた手づくりのサービスを余儀なくされている実状があり、大手の警備会社はそれをシステム化して取り込むのである。高齢者見守りサービスは、取り組めば取り組むほど奥が深い。

セコムは海外駐在の商社マンへのサービスとして、伊藤忠商事と「駐在員ふるさとケアサービス」を4年前にスタートさせている。伊藤忠商事は海外収益を増やす中期経営計画をつくった。そのためには、駐在員が後顧の憂いなく活躍する必要がある。日本に残したままの一人暮らしの高齢者家族への心配を取り除いてあげなければいけない。緊急通報システムに加えて24時間・365日対応の看護師による電話健康相談サービス、掃除や洗濯など短時間の家事代行サービスのほか、月2回定期的に電話で状況を確認して海外駐在員にレポートするサービスがあり、費用は会社負担としている。

高齢者が老人ホームに入所したため空き家になった、などさまざまな理由で空き家が増えている。ゴミの不法投棄がないか、外部から侵入された形跡はないか、郵便受けに投函されたものが溜まっていないか、などを解決する「るすたくサービス」は、綜合警備保障が考えた。窓を開けて換気し、風呂やトイレやキッチンの水を流したり、雨漏りのチェックをするオプションもある。

日本警備保障がセコムと名称変更したのは1983年だった。セキュリティ・コミニュケーションの省略形である。カタカナに名称を変えて、業態も「警備」の枠を拡大、更新し、新しいニーズを呼び寄せた。「社会システム産業」と自らを位置づけている。創業期にどんな名称にしたら仕事内容がすぐわかるか、飯田青年と戸田青年はいろいろ名前を挙げていった。「夜警社」の案もあったが、日本最初の業種だから「日本」とつけよう、仕事は「警備」だが、安全を保障する、損害を与えたら補償する、「警備保障」でいこう、と戸田青年が提案した。社会が要求する「保障」の意味が膨らんでいく。日本警備保障の名称はスタンダードになり、後続の綜合警備保障も、さらに数多くの警備会社のビジネスモデルに影響を与えた。

戸田壽一は2014年1月、81歳で亡くなった。飯田亮は82歳のいまも旧代々木選手村を見下ろす18階建てのセコム本社ビル最上階の最高顧問室に出勤している。2020東京オリンピック・パラリンピックの警備体制を見届けるつもりで。

（了）

本書は『週刊SPA！』2015年5月5・12日合併号～12月8日号に連載されたものを単行本化しました。

二つの東京五輪からひもとく、民間警備の裏面史に迫る

猪瀬直樹インタビュー（『週刊SPA!』2015年5月5・12日合併号）

『民警』執筆の背景

　東京都知事を辞任した猪瀬直樹氏は2014年、作家としての活動を再開させた。アイドリングを終えた猪瀬氏が、テーマを新たに掘り起こし、緻密な取材を重ねた実質的な作家「完全復帰」第一弾となるのが、本作『民警』だ。

　民間警備会社を意味する〝民警〟は奇妙なことに、昭和史の重大事件にたびたび顔を出す。そして、東京五輪のテロが懸念される今後もそんな役回りを演じるのか。作家猪瀬が炙り出す民警の歴史はこの国のどんな未来を照射するのか。

　権謀術数渦巻く政界から、静謐な文学界に舞い戻った猪瀬氏。二つの世界の隔りのあまりの大きさに、作家本来のペースを取り戻すのに苦労したという……。

「作家の通常のペースを取り戻し、作家としてのサイクルをつくっていくには、雑誌に連載する作品を書くのがいいのだろうな……そんなことを考えていた昨年秋、『イスラム国』による邦人拘束事件が起こり、日本人の『安心・安全』というテーマが思い浮かんだ。拘束された湯川遥菜さんが、民間軍事会社を設立していたのも

気にかかりましたね。その後、湯川さんと、彼の救出に向かったジャーナリストの後藤健二さんは殺害されてしまい、それまで日本人にとって漠としていたテロの不安が現実味を帯びていくことになる。折しも、2020年には東京でオリンピックが開催され、世界中から多くの人がやってくるが、テロ対策をどうするのか？　こうした不安や懸念も、作品の着想のひとつになりました」

猪瀬氏自ら招致レースで世界を駆け巡り、勝ち取った二度目の東京五輪開催だけに、行く末が気になるのは頷ける。

「都知事として、オリンピック招致の重要なポイントに据えたのが、東京は『安心・安全』な都市であるということ。電車は時間どおりに来るし、財布を落としても中身が入ったまま返ってくる……東京五輪の申請ファイルにもあるが、実は、こうした『安心・安全』を担うのは警察や自衛隊などの〝官〟はもちろん、民間の警備会社が一定の割合を占めている。そもそも、ロンドン五輪の警備には民間警備会社が大きく関与しており、東京五輪もこれを参考にしたのです」

現在、〝民警〟（民間警備会社）が活動する警備業界は、「3兆円産業」といわれる巨大産業に成長している。警備員の数は50万人と、警察官の実に2倍超。日本人が知らないうちに、この国の「安心・安全」は〝民警〟抜きには成り立たなくなっている。

「日本の警備会社について調べていくと、1964年の東京五輪がターニングポイントになっていることがわかった。現在、業界1位のセコムはオリンピックの2年前の1962年創業（当時の社名は日本警備保障）。また、2位の綜合警備保障はセコムの後を追うように、オリンピックを挟んだ1965年に創業している。すでに当時、外国では民間警備会社による警備が常識であり、民間警備会社と民間軍事会社に明確な線引きもなかった。これに対して、日本は戦前の隣組のように、地域社会がこうした役割を担っていた。占領政策によって隣組自体は姿を消してしまったが、その名残で日本では、たとえば、企業の警備にあたっていたのは守衛や用務員、宿直など、もっぱらその企業に所属する社員でした。欧米では19世紀から、こうした警備をアウトソーシングしていたのと対照的ですね。もともと欧米の民間警備会社は、自治的な警備が発展していったものと言っていい。こうした文化や伝統がない日本で、1962年に創業したのがセコムだった。

セコムは1964年の東京五輪で、選手村の警備を一括受注し、脚光を浴びることになった。セコムは当初外国の警備会社の資本を受け入れ〝外資〟のような存在に映ったわけだが、興味深いことに、東京五輪で選手村の警備をセコムに発注したのが、のちに綜合警備保障を創立する村井順だった。戦前、内務省の官僚だった村井は、警察や自衛隊の人間を雇い入れ、体制側に立った警備をすることになる。一方、セコムは進取の精神に溢れた会社だった。五輪を契機に日本を代表する〝民警〟は業績を急速に伸ばし、一方で対照的な色を帯びていくのです」

セコムは東京五輪を機に、日本に「警備業」というものを根付かせたが、これに一役買ったのが綜合警備保障の創業者・村井順だったわけだ……村井の心境はいかばかりか。歴史のいたずらか、奇妙な因縁はこの後も続くことになる。

1968年、東京都港区、京都市、函館郊外、そして名古屋市で、拳銃による連続殺人事件が発生。「警察庁広域重要指定108号事件」いわゆる永山則夫事件でも、セコムと綜合警備保障の二社は昭和史に足跡を残しているのだ。

民警二社はアメリカに照らし出された光と影

「連続殺人の発端となった第一の殺人事件では、東京プリンスホテルで綜合警備保障のガードマンが射殺されました。その後、三件の殺人を重ねた永山は、千駄ヶ谷の専門学校にカネ目当てで侵入。だが、機械警備の通報で駆けつけたガードマンに発見され発砲。逃走を図った。最後は緊急配備の警察官に逮捕されることになるのだが、きっかけとなったのがセコムのガードマンだったのです。二社の数奇な縁を感じますが、情報通信が未整備の当時、セコムが機械警備を導入していたことにも驚きます」

セコムと綜合警備保障の際立つコントラストは、創業者によるところが大きいのだろう。二人の出自はあまりにもかけ離れている。

「セコムを創業した飯田亮現最高顧問は、戦時中は軍国少年で、敗戦で米軍に日本が占領されると、米兵が投げたチョコレートを食べたいのに蹴飛ばしたりする一方、新しもの好きの父親の影響で、目新しいことに対する拒絶感を持たずに育った。次第にアメリカに魅かれ、大学では当時ほとんどの人が知らないアメフトに熱中した。スポンジのようにアメリカを吸収していったわけです。綜合警備保障の創業者・村井順は元内務官僚で、内閣調査室の初代室長。占領下ではGHQと渡り合い、首相の吉田茂に寝技を仕掛けるなど権謀術数に長けるが、戦後史の隠された一面を一身に背負って黙して生きた。アメリカのモダナイゼーション（近代化）によって照らし出された光と影がこの二人。アメリカのニュービジネスを貪欲に吸収したのが飯田なら、敗戦国の屈辱や終戦後の日本の深い闇から立ち上がっていったのが村井。実は、この二人とも敗戦の悔しさを隠そうとしない。ただ敗戦時、飯田は思春期の入口に立つ12歳。村井は官僚として脂が乗り始める36歳。この世代差が、二人に異なる針路を歩ませたのだろう。村井は〝第二警察〟の使命感をあらわにしている。冷戦下の当時、国際共産主義が吹き荒れるなか、国内の防共に心血を注いだ官僚時代だったから」

現在は、両社ともセキュリティ事業だけでなく、防災、メディカル、情報通信など多角化を推し進め、平和産業の側面の強い社会システム企業として、日本人の生活シーンのそこここに顔を出すようになった。だが、歴史は地続きだ。

「セコムが〝外資〟的なら、〝官〟の綜合警備保障がキャンプシュワブで基地移設に反対するデモ隊と対峙しているのが象徴的です。対照的な二社が東京五輪、永山事件といった昭和史の大事件で交錯し、今度は来る東京五輪で再び交錯しようとしている……」

猪瀬氏は代表作『ミカドの肖像』で、なぜ旧皇族の土地にプリンスホテルが立つのか、という問いから始まり、従来とは全く異なる天皇論を描ききる離れ業をやってのけた。『民警』のラストでも、読者を驚かせてくれるだろう。

（取材・文　齊藤武宏）

このインタビューは『週刊SPA!』での連載開始時に掲載されたものです。

あとがき

教科書に記されている歴史がなぜつまらないか。時間順に発生した出来事を羅列しているだけだからです。いくら年表を暗記しても、自分の人生とは重ならない。ひとつひとつの出来事は、ただ単に偶然に起きているのではない。ひとりひとりの人生は、ただ単に偶然に選択された道を歩んでいるわけではない。歴史とは大河のような時間の流れであり、小さな波浪が飛び散り泡となって消え、小さな渦巻きもあちらこちらに生まれているのです。

人生は偶然の連鎖のように見えますが、ひとつひとつの人生の偶然が折り重なると、さまざまな出会いが生まれます。それがあたかも必然であったかのように、時には濁流のようなうねりがつくられていくのです。

遠い過去の歴史をつまびらかにしなくても、すぐそこにある現代史でさえ、偶然でもあり必然でもあるような流れを見つけることができます。運命のようなものが投影されていることがわかります。だから歴史はおもしろいのです。

民間警備業の歴史をテーマにした本書をお読みいただければ、無から有が生まれていくありさまが眼の前に浮かびます。そして、これから先に何が起きるか、いくばくか未来も予見できると思います。

本書の執筆にあたり協力していただいた民間警備会社の皆さん、ありがとうございます。取材を手伝ってくれた廣野真嗣氏、『週刊ＳＰＡ！』編集長・金泉俊輔氏、担当編集者・遠藤修哉氏、統括編集長・渡部超氏にこの場を借りて感謝の意を表したい。

２０１６年（平成28年）２月

西麻布の寓居にて　猪瀬直樹

参考文献

下山田聰明『ソマリア沖海賊問題』（成山堂書店　2012年）
「2014年 海賊対処レポート」（ソマリア沖・アデン湾における海賊対処に関する関係省庁連絡会　2015年）
菅原出『民間軍事会社の内幕』（ちくま文庫　2010年）
『オリンピック東京大会の警察記録』（警視庁　1964年）
「五輪警備　民間アシスト」（日本経済新聞2014年11月12日付）
「立候補ファイル　Discover Tomorrow　第3巻」（東京2020オリンピック・パラリンピック招致委員会　2013年）
「『世界一止まらないATM』ALSOKの現金管理術」（日本経済新聞電子版2011年11月15日付）
村井順『ありがとうの心』（善本社　1974年）
村井順『武士の商法』（善本社　1987年）
「組織委三役辞任の背景」（読売新聞1962年10月3日付）
「二人の次長　折衝に暮れる毎日」（朝日新聞1964年5月31日付）
「第四十六回国会衆議院オリンピック東京大会準備促進特別委員会議事録第七号」（1964年8月31日）
ジョン・ダワー著、大窪愿二訳『吉田茂とその時代　上・下巻』（初出・TBSブリタニカ　1981年／中公文庫所収　1991年）
高坂正堯『宰相吉田茂』（中公叢書　1968年）
戸川猪佐武『小説吉田学校 第一部 保守本流』（角川文庫　1980年）

麻生和子『父吉田茂』（初出・光文社　１９９３年／新潮文庫所収　２０１２年）
「名宰相・吉田茂の想い出　対談　辰巳栄一・村井順」（『綜合政策』１９７８年12月号所収）
松本清張『深層海流』（文藝春秋新社　１９６２年）
猪瀬直樹　猪瀬直樹電子著作集「日本の近代」第16巻『ジミーの誕生日』（小学館　２０１９年）
竹前栄治『ＧＨＱ』（岩波新書　１９８３年）
竹前栄治『ＧＨＱの人びと』（明石書店　２００２年）
松本清張「内閣調査室論」『現代官僚論３』（文藝春秋新社　１９６６年）
延禎『キャノン機関からの証言』（番町書房　１９７３年）
読売新聞戦後史班編『「再軍備」の軌跡』（読売新聞社　１９８１年）
春名幹男『秘密のファイル――ＣＩＡの対日工作　下』（共同通信社　２０００年）
栗田直樹『緒方竹虎』（吉川弘文館　２００１年）
有馬哲夫『ＣＩＡと戦後日本』（平凡社新書　２０１０年）
大森義夫『日本のインテリジェンス機関』（文春新書　２００５年）
有馬哲夫『大本営参謀は戦後何と戦ったのか』（新潮新書　２０１０年）
湯浅博『吉田茂の軍事顧問　辰巳栄一』（初出・産経新聞出版　２０１１年／文春文庫所収　２０１３年）
吉田則昭『緒方竹虎とＣＩＡ』（平凡社新書　２０１２年）
山口由美『帝国ホテル・ライト館の謎』（集英社新書　２０００年）
『帝国ホテル百年の歩み』（株式会社帝国ホテル　１９９０年）
猪瀬直樹『ミカドの肖像』（小学館　１９８６年）

飯田亮『私の履歴書』(日本経済新聞社　2001年)
飯田亮著、荒木元構成『世界のどこにもない会社を創る!』(草思社　2007年)
日本警備保障株式会社『基礎警務教本』(非売品)
Om Erik Philip-Sörensen efter samtal med honom (Erik Philip-Sörensens Stiftelse) http://www.epss.se/om_eps.html
NHK「プロジェクトX」制作班編『勝負の警備システム　作動せよ』『開拓者精神、市場を制す』(日本放送出版協会　2003年)
吉田茂『回想十年　第一巻』(東京白川書院　1982年)
『湘南70周年記念誌』(神奈川県立湘南高等学校　1991年)
石原慎太郎『石原慎太郎の文学8　わが人生の時の時』(文藝春秋　2007年)
石原慎太郎『石原慎太郎の文学10　短篇集II　遭難者』(文藝春秋　2007年)
『東京大空襲・戦災誌　第3巻　軍・政府(日米)公式記録集』(財団法人東京空襲を記録する会　1973年)
『東京大空襲・戦災誌　第4巻　報道・著作記録集』(財団法人東京空襲を記録する会　1973年)
佐々木宏人『封印された殉教上・下巻』(フリープレス　2018年)
山崎光美「犯人憲兵説を徹底的に追う」『カトリックグラフ』(1976年7月号所収)
マーティン・S・キグリー著、仙名紀訳、保阪正康解説『バチカン発・和平工作電』(朝日新聞社　1992年)
木戸幸一『木戸幸一日記　下巻』(東京大学出版会　1966年)
寺崎英成/マリコ・テラサキ・ミラー編著『昭和天皇独白録』(文藝春秋　1991年)
「昭和天皇実録(昭和16年11月2日)」
『日本近代カトリック史料集』(カトリック関口教会創立百周年記念事業実行委員会　2000年)

志村辰弥『教会秘話』（聖母の騎士社　1991年）
樫田忠美『犯罪と捜査』（石崎書店　1960年）
鶴見俊輔『日本の百年2　廃墟の中から』（筑摩書房　1961年）
石原慎太郎『亡国の徒に問う』（文春文庫　1999年）
小谷野敦『江藤淳と大江健三郎』（筑摩書房　2015年）
石原慎太郎『太陽の季節』（初出・新潮社　1956年／新潮文庫所収　1957年）
板垣由美子「酒類流通における流通規制の影響」（東京大学ものづくり経営研究センター　2011年）
「起業家の系譜」（『フォーブス　日本版』2006年1月号所収）
池波正太郎『侠客　下』（新潮文庫　2002年）
片山善治／H・T・シマザキ『セコムの「新連邦経営」』（毎日新聞社　1992年）
コナン・ドイル『恐怖の谷』
ジェレミー・スケイヒル著、益岡賢／塩山花子訳『ブラックウォーター――世界最強の傭兵企業』（作品社　2014年）
『北海道警察史第1（明治・大正編）』（北海道警察本部　1968年）
小玉正任『国宝　迎賓館赤坂離宮』（茜出版　2012年）
「警備業の25年」（警備保障新聞1988年12月5日付）
「第十八回オリンピック競技大会公式報告書」（オリンピック東京大会組織委員会　1966年）
秋尾沙戸子『ワシントンハイツ　GHQが東京に刻んだ戦後』（新潮社　2009年）
エドウィン・O・ライシャワー／ハル・ライシャワー著『ライシャワー大使日録』（講談社　1995年）

佐藤次郎『東京五輪1964』（文春新書　2013年）
「『万人眠れる時、われ警備す』日本にも生れた〝ザ・ガードマン〟」（『週刊朝日』1965年8月20日号所収）
「〝社長〟業と取組む村井事務次長」（『週刊文春』1965年10月25日号所収）
「こちら警備会社　民間ガードマンが大もて」（毎日新聞1966年1月7日付夕刊）
広中俊雄『戦後日本の警察』（岩波新書　1968年）
『20年のあゆみ　綜合警備連盟創立20周年史』（綜合警備保障株式会社　1985年）
『ありがとうの心で30年　綜合警備保障30年史』（綜合警備保障株式会社　1995年）
『警備業　40年の闘い』（国際警備社史編纂委員会　牧歌舎　2009年）
杉山芳朗「警備業の展望と警察」（『講座日本の警察第四巻』立花書房　1993年）
佐木隆三『死刑囚　永山則夫』（講談社　1994年）
朝倉喬司『19歳の連続射殺魔』（文庫ぎんが堂　2012年）
『永山則夫〈増補新版〉』（KAWADE夢ムック　2013年）
『35周年記念　警備業の歩み』（全国警備業協会　2007年）
佐藤政善「警備保障営業をめぐる問題点」（『警察学論集』1971年8月号所収）
深澤賢治『警備保障のすべて　第3版』（東洋経済新報社　2003年）
鈴木康弘『防犯・防災・警備用語事典』（明石書店　2014年）
田中智仁『警備業の社会学』（明石書店　2009年）
田中智仁『警備業の分析視角』（明石書店　2012年）
山﨑節代「我が国における警備業の発展史」『警備業を考察する5つの視点』（警備保障新聞社　2009年）

文庫版へのあとがき

日本人の意識にもっとも欠けているのは安全保障である。

来るべき2020東京への最大の脅威は、招致をした時点ではテロであった。ＩＳ（イスラム国）による無差別テロが頻繁に繰り返されており、東京五輪がターゲットにされるのではないか、その場合にどう防ぐのか、僕の関心はそこにあった。

日本を防衛する軍隊として23万人の自衛隊が存在する。国内の治安は24万人の警察官があたる。彼らのために国民は税金を支払っている。いっぽう民間の警備会社は警察官の2倍の50万人余、いまや日本国の治安はこうした民間に拡大した市場の力を無視することができない。ロンドン五輪でも民間警備会社の比重が大きかったが、2020東京でも彼らの力を借りなければいけない、と。

そもそも日本の民警の成り立ちを遡ると1964年の東京五輪がきっかけで飛躍的に発展したとわかった。奇しき因縁ではないか。

2020東京オリンピック・パラリンピックが、新型コロナウイルス感染症のために延期されるかもしれない、という懸念がささやかれはじめたときには、僕はそれは余計な心配ではないかと思った。なぜなら震源地中国の武漢でのパンデミックは収束に向かっていたし、ヨーロッパの流行は、イタリアを除きまだそれほどの急上昇カーブを描いていなかった。だが3月に入ると事態は急変する。それでもヨーロッパやアメリカに較べると日本はぎりぎり持ちこたえていた。２０２０東京の当事者国である日本が感染症を抑え込めるなら五輪は大丈夫、そう楽観視していた。そうなのだ、あれほど２０２０招致のために努力をしたのだから、中止など考えるのもおぞましい。

そして結果は1年の延期と決まった。胸をなでおろした。だがヨーロッパやアメリカを中心に主要都市はつぎつぎとロックダウンを宣言し、感染症の恐ろしさは、まだ止む気配を見せない。いまやＩＳは後景に退き、正面の敵は新型コロナウイルスに取って代わった。民警の役割も時代とともに変遷して、「１１０番から１１９番へ」と犯罪やテロに対しての安心・安全よりも、警備の範疇を超えて介護など生活領域のサービスへとシフトしてきている。

コロナ感染症で怖いのは医療崩壊である。軽症者は病院でなく借り上げホテルに待機してもらう施策が本格化するだろう。軽症者滞在ホテルの配膳を担うのは災害派遣命令を受けた自衛隊員だが、場合によっては民警の出番となるかもしれない。

この度、小学館文庫として刊行されるにあたり出版局チーフ・プロデューサー飯田昌宏氏のお世話になった。ありがとう。

２０２０年（令和2年）4月　　猪瀬直樹

本書のプロフィール

本書は、二〇一六年三月に扶桑社より刊行された単行本を文庫として刊行したものです。

小学館文庫

民警（みんけい）

著者　猪瀬直樹（いのせなおき）

二〇二〇年六月十日　初版第一刷発行

発行人　飯田昌宏

発行所　株式会社　小学館

〒一〇一-八〇〇一
東京都千代田区一ツ橋二-三-一
電話　編集〇三-三二三〇-五六一七
販売〇三-五二八一-三五五五

印刷所――――凸版印刷株式会社

ISBN978-4-09-406779-8